刘亮程
作　品

*Listen To the
Voice of the
Spirit of All Things*

听万物的灵说话

刘亮程 —— 著

天地出版社 TIANDI PRESS

图书在版编目（CIP）数据

听万物的灵说话 / 刘亮程著. -- 成都：天地出版社, 2025.1.（2025.4重印）-- ISBN 978-7-5455-8562-9

Ⅰ. I217.2

中国国家版本馆CIP数据核字第20248E8E82号

TING WANWU DE LING SHUOHUA
听万物的灵说话

出品人	杨　政
作　者	刘亮程
责任编辑	孙若琦
责任校对	杨金原
封面设计	日光 BRILLIANCE
内文排版	焕　之
责任印制	王学锋

出版发行	天地出版社
	（成都市锦江区三色路238号　邮政编码：610023）
	（北京市方庄芳群园3区3号　邮政编码：100078）
网　　址	http://www.tiandiph.com
电子邮箱	tianditg@163.com
经　　销	新华文轩出版传媒股份有限公司

印　　刷	北京天宇万达印刷有限公司
版　　次	2025年1月第1版
印　　次	2025年4月第2次印刷
开　　本	880mm×1230mm　1/32
印　　张	7.5
字　　数	157千字
定　　价	58.00元
书　　号	ISBN 978-7-5455-8562-9

版权所有◆违者必究

咨询电话：(028) 86361282（总编室）
购书热线：(010) 67693207（营销中心）

如有印装错误，请与本社联系调换。

任何一株草的死亡都是人的死亡。
任何一棵树的夭折都是人的夭折。
任何一粒虫的鸣叫也是人的鸣叫。

目录

第一部分：人畜共居的村庄

人畜共居的村庄	004
逃跑的马	008
狗这一辈子	015
通驴性的人	018
剩下的事情	025
春天的步调	051
与虫共眠	059

第二部分：一片叶子下生活

一片叶子下生活	064
天空的大坡	076
在金佛山遇见自己	080
椰落	091
斯古拉	094
长成一棵大槐树	103
树倒了	109

大树根	121
那些鸟会认人	128

第三部分：菜籽沟早晨

菜籽沟早晨	134
我认识乌鸦中的老者	135
鸽子	137
我做梦的气味被一只狗闻见	139
麦收	144
挖坑	147
木匠	151
黑暗	154
醒来	159
月亮在叫	162
等一只老鼠老死	170
两只老鼠的半个冬天	177
我们院子的猫	181
大白鹅的冬天	192
麻雀	205
洪水	208
聆听自然的声音	223

各种各样的风经过了村庄。屋顶上的土,吹光几次,住在房子里的人也记不清楚。无论南墙北墙东墙西墙都被风吹旧,也都似乎为一户户的村人挡住了南来北往的风。

第一部分 人畜共居的村庄

人畜共居的
村庄

有时想想，在黄沙梁做一头驴，也是不错的。只要不年纪轻轻就被人宰掉，拉拉车，吃吃草，亢奋时叫两声，平常的时候就沉默，心怀驴胎，想想眼前嘴前的事儿。只要不懒，一辈子也挨不了几鞭。况且现在机器多了，驴活得比人悠闲，整日在村里村外溜达，调情撒欢。不过，闲得没事对一头驴来说是最最危险的事。好在做了驴就不想这些了，活一日乐一日，这句人话，用在驴身上才再合适不过。

做一条小虫呢，在黄沙梁的春花秋草间，无忧无虑把自己短暂快乐的一生蹦跶完。虽然只看见漫长岁月悠悠人世间某一年的光景，却也无憾。许多年头都是一样的，麦子青了黄，黄了青，变化的仅仅是人的心境。

做一条狗呢？

或者做一棵树，长在村前村后都没关系，只要不开花，不是长得很直，便不会挨斧头。一年一年地活着，叶落归根，一层又一层，最后埋在自己一生的落叶里，死和活都是一番境界。

如此看来，在黄沙梁做一个人，倒是件极普通平凡的事。大不必因为你是人就趾高气扬，是狗就垂头丧气。在黄沙梁，每个人都是名人，每个人都默默无闻。每个牲口也一样。就这么小小的一个村庄，谁还能不认识谁呢。谁和谁多少不发生点关系，人也罢牲口也罢。

你敢说张三家的狗不认识你李四。它只是叫不上你的名字——它的叫声中有一句可能就是叫你的，只是你听不懂。你也从不想去弄懂一头驴子，见面更懒得抬头和它打招呼。可那驴却一直惦记着你，那年它在你家地头吃草，挨过你一锨。好狠毒的一锨，你硬是让这头爱面子的驴死后不能留一张完整的好皮。这么多年它一直在瞅机会给你一蹄子呢。还有路边泥塘中的那两头猪，一上午哼哼唧唧，你敢保证它们不是在议论你们家的事？猪夜夜卧在窗根，你家啥事它们不清楚。

对于黄沙梁，其实你不比一只盘旋其上的鹰看得全面，也不会比一匹老马更熟悉它的路。人和牲畜相处几千年，竟没找到一种共同语言，有朝一日坐下来好好谈谈。想必牲口肯定有许多话要对人说，尤其人之间的是是非非，牲口肯定比人看得清楚。而人，除了要告诉牲口"你必须顺从"外，肯定再不愿与牲口多说半句。

人畜共居在一个小村庄里，人出生时牲口也出世，傍晚人回家牲口也归圈。弯曲的黄土路上，不是人跟着牲口走便是牲口跟着人走。

人踩起的尘土落在牲口身上。

牲口踩起的尘土落在人身上。

家和牲口棚是一样的土房，墙连墙窗挨窗。人忙急了会不小心钻进牲口棚，牲口也会偶尔装糊涂走进人的居室。看上去似亲戚如邻居，却又根本不是那么回事，日子久了难免会认成一种动物。

比如你的腰上总有股用不完的牛劲。你走路的架势像头公牛，腿叉得很开，走路一摇三摆。你的嗓音中常出现狗叫鸡鸣。别人叫你"瘦狗"是因为你确实不像瘦马瘦骡子。多少年来你用半匹马的力气和女人生活和爱情。你的女人，是只老鸟了还那样依人。

数年前一个冬天，你觉得有一匹马在某个黑暗角落盯你。你有点怕，它做了一辈子牲口，是不是后悔了，开始揣摩人。那时你的孤独和无助确实被一匹马看见了。周围的人，却总以为你是快乐的，像一只无忧无虑的夏虫，一头乐不知死的驴子、猪……

其实这些活物，都是从人的灵魂里跑出来的。它们没有走远，永远和人待在一起，让人从这些动物身上看清自己。

而人的灵魂中，还有一大群惊世的巨兽被禁锢着，如藏龙如伏虎。它们从未像狗一样咬脱锁链，跑出人的心宅肺院。偶尔跑出来，也会被人当疯狗打了，消灭了。

在人心中活着的，必是些巨蟒大禽。

在人身边活下来的,却只有这群温顺之物了。

人把它们叫牲口,不知道它们把人叫啥。

逃跑的马

我跟马没有长久贴身的接触,甚至没有骑马从一个村庄到另一个村庄这样简单的经历。顶多是牵一头驴穿过浩浩荡荡的马群,或者坐在牛背上,看骑马人从身边飞驰而过,扬起一片尘土。

我没有太要紧的事,不需要快马加鞭去办理。牛和驴的性情刚好适合我——慢悠悠的。那时要紧的事远未来到我的生活里,我也不着急。要去的地方永远不动地待在那里,不会因为我晚到几天或几年而消失。要做的事情早几天晚几天去做都一回事,甚至不做也没什么。我还处在人生的闲散时期,许多事情还没迫在眉睫。也许有些活儿我晚到几步被别人干掉了,正好省得我动手。有些东西我迟来一会儿便不属于我了,我也不在乎。许多年之后你再看,骑快马飞奔的人和坐在牛背上慢悠悠赶路的人,一样老态龙钟回到村庄里,他们衰老的速度是一样的。时间才不管谁跑得多快多慢呢。

但马的身影一直浮游在我身旁,马蹄声常年在村里村外的土路上踏响,我不能回避它们。甚至天真地想,马跑得那么快,一定先我到达了一些地方。骑马人一定把我今后的去处早早游荡了一遍。因为不骑马,我一生的路上必定印满先行的马蹄印儿,撒满金黄的马粪蛋儿。

直到后来,我徒步追上并超过许多匹马之后,才打消了这种想法——曾经从我身边飞驰而过扬起一片尘土的那些马,最终都没有比我走得更远。在我还继续前行的时候,它们已变成一架架骨头堆在路边。只是骑手跑掉了。在马的骨架旁,除了干枯的像骨头一样的胡杨树干,我没找到骑手的半根骨头。骑手总会想办法埋掉自己,无论深埋黄土还是远埋在草莽和人群中。

在远离村庄的路上,我时常会遇到一堆一堆的马骨。马到底碰到了怎样沉重的事情,使它如此强健的躯体承受不了,如此快捷有力的四蹄逃脱不了,这些高大健壮的生命在我们身边倒下,留下堆堆白骨。我们这些矮小的生命还活着,我们能走多远。

我相信累死一匹马的,不是骑手,不是常年的奔波和劳累,对马的一生来说,这些东西微不足道。

马肯定有它自己的事情。

马来到世上,肯定不仅仅是给人拉车当坐骑。

村里的韩三告诉我,一次他赶着马车去沙门子,给一个亲戚送麦种子。半路上马车陷进泥潭,死活拉不出来,他只好回去找人借牲口帮忙。可是，等他带着人马赶来时，马已经把车拉出来走了，走得没影了。他追到沙门子，那里的人说，晌午看见一辆马车拉着几麻袋东西，穿过村子向西去了。

韩三又朝西追了几十公里，到虚土庄子，村里人说半下午时看见一辆马车绕过村子向北边去了。

韩三说他再没有追下去，他因此断定马是没有目标的东西，它只顾自己往前走，好像它的事比人更重要，竟然可以把人家等着下种的一车麦种拉着漫无边际地走下去。韩三是有生活目标的人，要到哪就到哪，说干啥就干啥。他不会没完没了地跟着一辆马车追下去。

韩三说完就去忙他的事了。以后很多年间，我都替韩三想着这辆跑掉的马车。它到底跑到哪去了。我打问过从每一条远路上走来的人，他们或者摇头，或者说，要真有一辆没人要的马车，他们会赶着回来的，这等便宜事他们不会白白放过。

我想，这匹马已经离开道路，朝它自己的方向走了。我还一直想在路上找到它。

但它不会摆脱车和套具。套具是用马皮做的，皮比骨肉更耐久结实。一匹马不会熬到套具朽去。

而车上的麦种早过了播种期，在一场一场的雨中发芽、霉烂。车轮和辕木也会超过期限，一天天地腐烂。只有马不会停下来。

这是唯一跑掉的一匹马。我们没有追上它，说明它把骨头扔在了我们尚未到达的某个远地。马既然要逃跑，肯定有什么东西在追它。那是我们看不到的、马命中的死敌。马逃不过它。

我想起了另一匹马，拴在一户人家草棚里的一匹马。我看到它时，它已奄奄一息，老得不成样子。显然它不是拴在草棚里老掉的，而是老了以后被人拴在草棚里的。人总是对自己不放心，明知这匹马老了，再走不到哪里，却还把它拴起来，让它在最后的关头束手就擒，放弃跟命运较劲。

我撕了一把草送到马嘴边，马只看了一眼，又把头扭过去。我知道它已经嚼不动这一口草。马的力气穿透多少年，终于变得微弱黯然。曾经驮几百斤东西，跑几十里路不出汗不喘口粗气的一匹马，现在却连一口草都嚼不动。

"一麻袋麦子谁都有背不动的时候。谁都有老掉牙啃不动骨头的时候。"

我想起父亲告诫我的话。

好像也是在说给一匹马。

马老得走不动时，或许才会明白世上的许多事情，才会知道世上许多路该如何去走。马无法把一生的经验传授给另一匹马。马老了之后也许跟人一样，它一辈子没干成什么大事，只犯了许多错误，于是它把自己的错误看得珍贵无比，总希望别的马能从它身上吸取点教训。可是，那些年轻的活蹦乱跳的儿马，从来不懂得恭恭敬敬向一匹老马请教。它们有的是精力和时间去走错路，老马不也是这样走到老的吗？

马和人常常为了同一件事情活一辈子。在长年累月、人马共操劳的活计中，马和人同时衰老了。我时常看到一个老人牵一匹马穿过村庄回到家里。人大概老得已经上不去马，马也老得再驮不动人。人马一前一后，走在下午的昏黄时光里。

在这漫长的一生中，人和马付出了一样沉重的劳动。人使唤马拉车、赶路，马也使唤人给自己饮水、喂草加料、清理圈里的马粪。有时还带着马去找畜医看病，像照管自己的父亲一样热心。堆在人一生中的事情，一样堆在马的一生中。人只知道马帮自己干了一辈子活儿，却不知道人也帮马操劳了一辈子。只是活到最后，人可以把一匹老马的肉吃掉，皮子卖掉。马却不能对人这样。

一个冬天的夜晚，我和村里的几个人，在远离村庄的野地，围坐在一群马身旁，煮一匹老马的骨头。我们喝着酒，不断地添着柴火。我们想，马越老，骨头里就越能熬出东西。更多的马静静站立在四周，用眼睛看着我们。火光映红了一大片夜空。马站在暗处，眼睛闪着蓝光。马一定看清了我们，看清了人。

而我们一点都不知道马在想些什么。马从不对人说一句话。

我们对马的唯一理解方式是：不断地把马肉吃到肚子里，把马奶喝到肚子里，把马皮穿在脚上。久而久之，隐隐就会有一匹马在身体中跑动。有一种异样的激情耸动着人，变得像马一样不安、骚动。而最终，却只能用马肉给我们的体力和激情，干点人的事情，撒点人的野和牢骚。

我们用心理解不了的东西，就这样用胃消化掉了。

但我们确实不懂马啊。

记得那一年在野地，我把干草垛起来，我站在风中，更远的风里一大群马，石头一样静立着，一动不动。它们不看我，马头朝南，齐望着我看不到的一个远处。根本没在意我这个割草人的存在。

我停住手中的活儿，那样长久羡慕地看着它们，身体中突然产生一股前所未有的激情。我想嘶，想奔，想把镰刀扔了，双手落到地上，撒着欢子跑到马群中去，昂起头，看看马眼中的明天和远方。我感到我的喉管里埋着一千匹马的嘶鸣，四肢涌动着一万只马蹄的奔腾声。而我，只是低下头，轻轻叹息了一声。

我没养过一匹马，不像村里有些人，自己不养马喜欢偷别人的马骑。晚上趁黑把别人的马拉出来骑上一夜，到远处办完自己的事，天亮前把马原拴回圈里。第二天主人骑马去奔一件急事，马却死活跑不起来。马不把昨晚的事告诉主人。马知道自己能跑多远的路，不论给谁跑，马把一生的路跑完便不跑了。

人把马鞭抽得再响也没用了。马从来就不属于谁。

别以为一匹马在你胯下奔跑了多少年，这马就是你的。在马眼里，你不过是被它驮运的一件东西。或许马早把你当成了自己的一个器官，高高地安置在马背上，替它看路，拉缰绳，有时下来给它喂草、梳毛、修理蹄子。交配时帮它扶扶马锤子。马不像人，母马也不如女人那般温顺。马全靠感觉、凭天性。人在一旁看得着急，忍不住帮马一把。马正好一用劲，事成了。人在一旁傻傻地替马笑两声。

其实马压根儿不需要人。人的最大毛病，是爱以自己的习好度量他物。人习惯了自己的，便认定马也需要这样。人只会扫马的兴，多管闲事。

也许，没有骑快马奔一段路，真是件遗憾的事。许多年后，有些东西终于从背后渐渐地追上我。那都是些要命的东西，我年轻时不把它们当回事，也不为自己着急。有一天一回头，发现它们已近在咫尺。这时我才明白了以往年月中那些不停奔跑的马，以及骑马奔跑的人。马并不是被人鞭催着在跑，不是。马在自己奔逃。马一生下来便开始了奔逃。人只是在借助马的速度摆脱人命中的厄运。

而人和马奔逃的方向是否真的一致呢。也许人的逃生之路正是马的奔死之途，也许马生还时人已经死归。

反正，我没骑马奔跑过。我保持着自己的速度。一些年月人们一窝蜂朝某个地方飞奔，我远远地落在后面，像是被遗弃。另一些年月人们回过头，朝相反的方向奔跑，我仍旧慢慢悠悠，远远地走在他们前头。我就是这样一个人。我不骑马。

狗这一辈子

一条狗能活到老，真是件不容易的事。太厉害不行，太懦弱不行，不解人意、善解人意均不行。总之，稍一马虎便会被人剥了皮炖了肉。狗本是看家守院的，更多时候却连自己都看守不住。

活到一把子年纪，狗命便相对安全了，倒不是狗活出了什么经验。尽管一条老狗的见识，肯定会让一个走遍天下的人吃惊。狗却不会像人，年轻时咬出点名气，老了便可坐享其成。狗一老，再无人谋它脱毛的皮，更无人敢问津它多病的肉体。这时的狗很像一位历经沧桑的老人，世界已拿它没有办法，只好撒手，交给时间和命。

一条熬出来的狗，熬到拴它的铁链朽了，不挣而断。养它的主人也入暮年，明知这条狗再走不到哪里，就随它去吧。狗摇摇晃晃走出院门，四下里望望，是不是以前的村庄已看不清楚。狗在早年捡到过一根干骨头的沙沟梁转转，在早年恋过一条母狗的乱草滩转转，遇到早年咬过的人，远远避开，一副内疚的样子。其实人早好了伤疤忘了疼。有头脑的人大都不跟狗计较，有句俗话：狗咬了你，你还去咬狗吗？与狗相咬，除了啃一嘴狗毛你又能占到啥便宜。被狗咬过的人，大都把仇记恨在主人身上，而主人又一股脑把责任全推到狗身上。一条狗随时都必须准备承受一切。

在乡下，家家门口拴一条狗，目的很明确：把门。人的门被狗把持，仿佛狗的家。来人并非找狗，却先要与狗较量一阵。等到终于见了主人，来时的心境已落了大半，想好的话语也吓忘掉大半。狗的影子始终在眼前窜悠，答问间时闻狗吠，令来人惊魂不定。主人则可从容不迫，坐察其来意。这叫未与人来先与狗往。

有经验的主人听到狗叫，先不忙着出来，开个门缝往外瞧瞧。若是不想见的人，比如来借钱的，讨债的，寻仇的……便装个没听见。狗自然咬得更起劲。来人朝院子里喊两声，自愧不如狗的嗓门大，也就不喊了，狠狠踢一脚院门，骂声"狗日的"，走了。

若是非见不可的贵人，主人一趟子跑出来，打开狗，骂一句"瞎了狗眼了"，狗自会没趣地躲开，稍慢一步又会挨棒子。狗挨打挨骂是常有的事，一条狗若因主人错怪便赌气不咬人，睁一眼闭一眼，那它的狗命也就不长了。

一条称职的好狗，不得与其他任何一个外人混熟。在它的狗眼里，除主人之外的任何面孔都必须是陌生的、危险的。

更不得与邻居家的狗相往来。需要交配时,两家狗主人自会商量好了,公母牵到一起,主人在一旁监督着。事情完了就完了。万不可藕断丝连,弄出感情,那样狗主人会妒忌。人养了狗,狗就必须把所有爱和忠诚奉献给人,而不应该给另一条狗。

狗这一辈子像梦一样飘忽,没人知道狗是带着什么使命来到人世。

人一睡着,村庄便成了狗的世界,喧嚣一天的人再无话可说。土地和人都乏了。此时狗语大作,狗的声音在夜空飘来荡去,将远远近近的村庄连在一起。那是人之外的另一种声音,飘远、神秘。莽原之上,明月之下,人们熟睡的躯体是听者,土墙和土墙的影子是听者,路是听者。年代久远的狗吠融入空气中,已经成寂静的一部分。

在这众狗猖猖的夜晚,肯定有一条老狗,默不作声。它是黑夜的一部分。它在一个村庄转悠到老,是村庄的一部分。它再无人可咬,因而也是人的一部分。这是条终于可以冥然入睡的狗,在人们久不再去的僻远路途,废弃多年的荒宅旧院,这条狗来回地走动,眼中满是人们多年前的陈事旧影。

通驴性的人

我四处找我的驴，这畜牲正当用的时候就不见了。驴圈里空空的。我查了查行踪——门前土路上一行梅花篆的蹄印是驴留给我的条儿，往前走有几粒墨黑的鲜驴粪蛋算是年月日和签名吧。我捡起一粒放在嘴边闻闻，没错，是我的驴。这阵子它老往村西头跑，又是爱上谁家的母驴了。我一直搞不清驴和驴是怎么认识的，它们无名无姓，相貌也差不多，唯一好分辨的也就是公母——往裆里乜一眼便了然。

正是人播种的大忙季节，也是驴发情的关键时刻。两件绝顶重要的事对在一起，人用驴时驴也正忙着自己的事——这事儿比拉车犁地还累驴。土地每年只许人播种一次，错过这个时节种啥都白种。母驴也在一年中只让公驴沾一次身，发情期一过，公驴再纠缠都是瞎骚情。

我没当过驴，不知道驴这阵子咋想的。驴也没做过人。

我们是一根缰绳两头的动物，说不上谁牵着谁。时常脚印跟蹄印像是一道的，最终却走不到一起。驴日日看着我忙忙碌碌做人，我天天目睹驴辛辛苦苦过驴的日子。我们是彼此生活的旁观者、介入者。驴长了膘我比驴还高兴。我种地赔了本驴比我更垂头丧气。驴上陡坡陷泥潭时我会毫不犹豫地将绳搭在肩上，四蹄爬地做一回驴。

我炒菜的油香飘进驴圈时，驴圈里的粪尿味也窜入门缝。

我的生活容下了一头驴，一条狗，一群杂花土鸡，几只咩咩叫的长胡子山羊，还有我漂亮可爱的妻子女儿。我们围起一个大院子、一个家。这个家里还会有更多生命来临：树上鸟、檐下燕子、冬夜悄然来访的野兔……我的生命肢解成这许许多多的动物。从每个动物身上我找到一点自己。渐渐地我变得很轻很轻，我不存在了，眼里唯有这一群动物。当它们分散到四处，我身上的某些部位也随它们去了。有一次它们不回来，或回来晚了，我便不能入睡。我的年月成了这些家畜们的圈。从喂养、使用到宰杀，我的一生也是它们的一生。我饲养它们以岁月，它们饲养我以骨肉。

我觉得我和它们处在完全不同的时代。社会变革跟它们没一点关系，它们不参与，不打算改变自己。人变得越来越聪明时，它们还是原先那副憨厚样子，甚至拒绝进化。它们的身体和心灵都停留在远古。当人们抛弃一切进入现代，它们默默无闻伴前随后，保持着最质朴的品质。我们不能不饲养它们。同样，也不能不宰杀它们。我们的心灵拒绝它们时，胃却离不开它们。

也就是说，我们把牲畜一点不剩地接受了，除了它们同样憨厚的后代，我们没给牲畜留下什么，牲畜却为我留下过冬的肉，以后好多年都穿不破的皮衣。还有，那些永远说不清道不明白的思绪。

有一次我小解，看见驴正用一只眼瞅我裆里的东西，眼神中带着明显的藐视和嘲笑。我猛然羞愧自卑起来——我在站满男人的浴池洗澡时，在脱光排成一队接受医生体检时，在七八个男生的大宿舍排老大、老二、老三时，甚至在其他有关的任何场合，都没自卑过。相反，却带着点自豪与自信。和驴一比，我却彻底自卑了。在驴面前我简直像个未成年的孩子。我们穿衣穿裤，掩饰身体隐秘的行为被说成文明。其实是我们的东西小得可怜，根本拿不出来。身旁一头驴就把我比翻了。瞧它活得多洒脱，一丝不挂。人穿衣乃遮羞掩丑。驴无丑可遮。它的每个部位都是最优秀的。它没有阴部。它精美的不用穿鞋套袜的蹄子，浑圆的脊背和尻蛋子，尤其两腿间粗大结实、伸缩自如的那一截子，黑而不脏，放荡却不下流。

自身比不了驴，只好在身外下功夫。我们把房子装饰得华丽堂皇，床铺得柔软又温暖。但这并不比驴睡在一地乱草上舒服。咋穿戴打扮我们也不如驴那身皮毛自然美丽，货真价实。

驴沉默寡言，偶尔一叫却惊天地泣鬼神。我的声音中偏偏缺少亢奋的驴鸣，这使我多年来一直默默无闻。常想驴若识字，我的诗歌呀散文呀就用不着往报刊社寄了。写好后交给驴，让它用激昂的大过任何一架高音喇叭的鸣叫向世界宣读，那该有多轰动。我一生都在做一件无声的事，无声地写作，无声地发表。我从不读出我的语言，读者也不会，那是一种更加无声的哑语。我的写作生涯因此变得异常寂静和不真实，仿佛一段黑白梦境。我渴望我的声音中有朝一日爆炸出驴鸣，哪怕以沉默十年为代价，换得一两句高亢鸣叫我也乐意。

多少漫长难耐的冬夜，我坐在温暖的卧室喝热茶看书，偶尔想到阴冷圈棚下的驴，它在看什么，跟谁说话。

总觉得这鬼东西在一个又一个冷寂的长夜，双目微闭，冥想着一件又一件大事。想得异常深远、透彻，超越了任何一门哲学、玄学、政治经济学。天亮后我牵着它拉车干活儿时，并不知道牵着的是一位智者、圣者。它透悟几千年的人世沧桑，却心甘情愿被我们这些活了今日不晓明天的庸人牵着使唤。幸亏我们不知道这些，知道了又能怎样呢，难道我们会因此把驴请进家，自己心甘情愿去做驴拉车住阴冷驴圈。

我是通驴性的人。而且我认为，一个人只有通了驴性，方能一通百通，更通晓人性。不妨站在驴一边想想人。再回过头站在人一边想想驴。两回事搁在一块想久了，就变成一回事。驴的事也成了人的事，人的事也成了驴的事。实际上生活的处境常把人畜搅得难分彼此。

每当驴发情的喜庆日子，我宁可自己多受点累也绝不让我的驴筋疲力尽，在母驴面前丢我的人。村里人议论张家的驴没本事，连最矮的母驴都爬不上去。说李家的驴举而不坚，说王家的驴是瞎孙，那东西上不长眼睛。我绝不许刘家的驴落此劣名。每当别人夸我的驴时，我都像自己受了夸一般窃喜无比。我把省吃的精粮拌给驴吃，我生怕它没精神。我和妻子荒睡几个晚上不要紧，人一年四季都可亲近，不在乎一夜半宿。驴可干的是面子上的事。驴是代表我当着全村男人女人的面耀威扬雄。驴不行村里人会说这家男人不行。在村里啥弄不好都会怪男人的。地不出苗是男人没本事。瓜不结果是男人功夫不到。连母羊不下羔都轮不到公羊负责。好在我的驴年年为我争光长面子。它是多么通人性的驴啊，风流了大半日回来，汗流浃背，也不休息一下便径直走到棚下，拉起车帮我干活儿了。驴的舒服和满足通过缰绳传到我身上。缰绳是驴和我之间的忠实导线。我的激动、兴奋和无可名状的情绪也通过缰绳传递给驴。一根绳那头的生命、幸福、遥远、鬼祟、望尘莫及。它连干七八头母驴剩下的劲，都比我大得多。有时嫉妒地想，驴的那东西或许本来是我的，结果错长在驴身上。要么我的欲望是驴的。我瘦小羸弱的躯体上负载着如此多如此强烈的大欲望，而那些雄健无比的大生命却优哉游哉。它们身佩大壮之器，只把雄心壮志空留给我，任这个弱小身子去折腾、去骚动、去拼命。

驴不会把它的东西白给我，我也不会将拥有的一切让给驴。好好做人是我的心愿，乖乖当驴是驴的本分。无论乖好与否，在我卑微的一生中，都免不了驴一般被人使唤，放弃自己想做的事，想住的房子，想爱的人乃至想说的话。一旦鞭子握在别人手里，我会首先想到驴，宁肯爬着往前走绝不跪着求生存，把低贱卑微的一生活得一样自在、风流且亢奋，而且并不因此压低嗓门，低声下气，用激扬的鸣叫压过沸沸人声。必要时，还要学一点"拉着不走打着后退"的倔犟劲。驴也好，人也好，永远都需要一种无畏的反抗精神。

驴对人的反抗恰恰是看不见的。它不逃跑，不怒不笑（驴一旦笑起来是什么样子）。你看不出它在什么地方反抗了你，抵制了你，伤害了你。对驴来说，你的一生无胜利可言，当然也不存在遗憾。你活得不如人时，看看身边的驴，也就好过多了。驴平衡了你的生活，驴是一个不轻不重的砝码。你若认为活得还不如驴时，驴也就没办法了。驴不跟你比。跟驴比时，你是把驴当成别人或者把自己当成驴。驴成了你和世界间的一个可靠系数，一个参照物。你从驴背上看世界时，世界正从驴胯下看你。

所以卑微的人总要养些牲畜在身旁方能安心活下去。所以高贵的人从不养牲畜而饲一群卑微的人在脚下。

世界对于任何一个人都是强大的，对驴则不然。驴不承认世界，它只相信驴圈。驴通过人和世界有了点关系，人又通过另外的人和世界相处。谁都不敢独自直面世界。但驴敢，驴的高亢鸣叫是对世界的强烈警告。

我找了一下午的驴回来，驴正站在院子里，那神情好像它等了我一下午。驴瞪了我一眼，我瞪了驴一眼。天猛然间黑了。夜色填满我和驴之间的无形距离,驴更加黑了。我转身进屋时,驴也回身进了驴圈。我奇怪我们竟没在这个时候走错。夜再黑,夜空是晴朗的。

剩下的事情

一、剩下的事情

他们都回去了。我一个人留在野地上,看守麦垛。得有一个月时间,他们才能忙完村里的活儿,腾出手回来打麦子。野地离村子有大半天的路,也就是说,一个人不能在一天内往返一次野地。这是大概两天的路程,你硬要一天走完,说不定你走到什么地方,天突然黑了,剩下的路可就不好走了。谁都不想走到最后,剩下一截子黑路。是不是。

紧张的麦收结束了。同样的劳动,又在其他什么地方开始,这我能想得出。我知道村庄周围有几块地。他们给我留下够吃一个月的面和米,留下不够炒两顿菜的小半瓶清油。给我安排活儿的人,临走时又追加了一句:别老闲着望天,看有没有剩下的活儿,主动干干。

第二天，我在麦茬地走了一圈，发现好多活儿没有干完，麦子没割完，麦捆没有拉完。可是麦收结束了，人都回去了。

在麦地南边，扔着一大捆麦子。显然是拉麦捆的人故意漏装的。地西头则整齐地长着半垄麦子。即使割完的麦垄，也在最后剩下那么一两镰，不好看地长在那里。似乎人干到最后已没有一丝耐心和力气。

我能想到这个剩下半垄麦子的人，肯定是最后一个离开地头。在那个下午的斜阳里，没割倒的半垄麦子，一直望着扔下它们的那个人，走到麦地另一头，走进或蹲或站的一堆人里，再也认不出来。

麦地太大。从一头几乎望不到另一头。割麦的人一人把一垄，不抬头地往前赶，一直割到天色渐晚，割到四周没有了镰声，抬起头，发现其他人早割完回去了，剩下他孤零零的一垄。他有点急了，弯下腰猛割几镰，又茫然地停住。地里没一个人。干没干完都没人管了。没人知道他没干完，也没人知道他干完了。验收这件事的人回去了。他一下泄了气，瘫坐在麦茬上，愣了会儿神：尿，不干了。

我或许能查出这个活儿没干完的人。

我已经知道他是谁。

但我不能把他喊回来，把剩下的麦子割完。这件事已经结束，更紧迫的劳动在别处开始。剩下的事情不再重要。

以后几天，我干着许多人干剩下的事情，一个人在空荡荡的麦地里转来转去。我想许多轰轰烈烈的大事之后，都会有一个收尾的人,他远远地跟在人们后头,干着他们自以为干完的事情。许多事情都一样,开始干的人很多,到了最后,便成了某一个人的。

二、远离村人

我每天的事:早晨起来望一眼麦垛。总共五大垛,一溜排开。整个白天可以不管它们。到了下午,天黑之前,再朝四野里望一望,看有无可疑的东西朝这边移动。

这片大野隐藏着许多东西。一个人,五垛麦子,也是其中的隐匿者,谁也不愿让谁发现。即使是树,也都蹲着长,躯干一曲再曲,枝丫匍着地伸展。我从没在荒野上看见一棵像杨树一样高扬着头,招摇而长的植物。有一种东西压着万物的头,也压抑着我。

有几个下午我注意到西边的荒野中有一个黑影在不断地变大。我看不清那是什么,它孤孤地蹲在那里,让我几个晚上没睡好觉。若有个东西在你身旁越变越小最后消失了,你或许一点不会在意。有个东西在你身边突然大起来,变得巨大无比,你便会感到惊慌和恐惧。

早晨天刚亮我爬起来,看见那个黑影又长大了一些。再看麦垛,似乎一夜间矮了许多。我有点担心,扛着锨小心翼翼地走过去,穿过麦地走了一阵,才看清楚,是一棵树。一棵枯死的老胡杨树突然长出许多枝条和叶子。我围着树转了一圈。许多叶子是昨晚上才长出来的,我能感觉到它的枝枝叶叶还在长,而且会长得更加蓬蓬勃勃。我想这棵老树在熬过了一个干旱夏天后,它的某一条根,突然扎到了土地深处的一个旺水层。我想一定是这样的。

能让一棵树长得粗壮兴旺的地方,也一定会让一个人活得像模像样。往回走时,我暗暗记住了这个地方。那时,我刚刚开始模糊地意识到,我已经放任自己像植物一样去随意生长。我的胳膊太细,腿也不粗,胆子也不大,需要长的东西很多。多少年来我似乎忘记了生长。

随着剩下的事情一点一点地干完,莫名的空虚感开始笼罩草棚。活儿干完了,镰刀和铁锨扔到一边。孤单成了一件事情。寂寞和恐惧成了一件大事情。

我第一次感到自己是一个,而它们——成群地、连片地、成堆地对着我。我的群落在几十里外的黄沙梁村里。此时此刻,我的村民帮不了我,朋友和亲人帮不了我。

我的寂寞和恐惧是从村里带来的。

每个人最后都是独自面对剩下的寂寞和恐惧,无论在人群中还是在荒野上。那是他一个人的。

就像一粒虫、一棵草,在它浩荡的群落中孤单地面对自己的那份欢乐和痛苦。其他的虫草不知道。

一棵树枯死了,提前进入了比生更漫长的无花无叶的枯木期。其他的树还活着,枝繁叶茂。阳光照在绿叶上,也照在一棵枯树上。我们看不见一棵枯树在阳光中生长着什么。它埋在地深处的根在向什么地方延伸。死亡以后的事情,我们不知道。

一个人死了,我们把他搁过去——埋掉。

我们在坟墓旁边往下活。活着活着,就会觉得不对劲:这条路是谁留下的。那件事谁做过了。这句话谁说过。那个女人谁爱过。

我在村人中生活了几十年,什么事都经过了,再待下去,也不会有啥新鲜事。剩下的几十年,我想在花草中度过,在虫鸟水土中度过。我不知道这样行不行,或许村里人会把我喊回去,让我娶个女人生养孩子。让我翻地,种下一年的麦子。他们不会让我闲下来,他们必做的事情,也必然是我的事情。他们不会知道,在我心中,这些事情早就结束了。

如果我还有什么剩下要做的事情,那就是一棵草的事情,一粒虫的事情,一片云的事情。

我在野地上还有十几天时间,也可能更长。我正好远离村人,做点自己的事情。

三、风把人刮歪

刮了一夜大风。我在半夜被风喊醒。风在草棚和麦垛上发出恐怖的怪叫,像女人不舒畅的哭喊。这些突兀地出现在荒野中的草棚麦垛,绊住了风的腿,扯住了风的衣裳,缠住了风的头发,让她追不上前面的风。她撕扯,哭喊。喊得满天地都是风声。

我把头伸出草棚，黑暗中隐约有几件东西在地上滚动，滚得极快，一晃就不见了。是风把麦捆刮走了。我不清楚刮走了多少，也只能看着它刮走。我比一捆麦子大不了多少，一出去可能就找不见自己了。风朝着村子那边刮。如果风不在中途拐弯，一捆一捆的麦子会在风中跑回村子。明早村人醒来，看见一捆捆麦子躲在墙根，像回来的家畜一样。

每年都有几场大风经过村庄。风把人刮歪，又把歪长的树刮直。风从不同方向来，人和草木，往哪边斜不由自主。能做到的只是在每一场风后，把自己扶直。一棵树在各种各样的风中变得扭曲，古里古怪。你几乎可以看出它沧桑躯干上的哪个弯是南风吹的，哪个拐是北风刮的。但它最终高大粗壮地立在土地上，无论南风北风都无力动摇它。

我们村边就有几棵这样的大树，村里也有几个这样的人。我太年轻，根扎得不深，躯干也不结实，担心自己会被一场大风刮跑，像一棵草一片树叶，随风千里，飘落到一个陌生地方。也不管你喜不喜欢，愿不愿意，风把你一扔就不见了。你没地方去找风的麻烦，刮风的时候满世界都是风，风一停就只剩下空气。天空若无其事，大地也像什么都没发生。只有你的命运被改变了，莫名其妙地落在另一个地方。你只好等另一场相反的风把自己刮回去。可能一等多年，再没有一场能刮起你的大风。你在等待飞翔的时间里不情愿地长大，变得沉重无比。

去年，我在一场东风中，看见很久以前从我们家榆树上刮走的一片树叶，又从远处刮回来。它在空中翻了几个跟头,摇摇晃晃地落到窗台上。那场风刚好在我们村里停住,像是猛然刹住了车。许多东西从天上往下掉,有纸片——写字的和没写字的纸片、布条、头发和毛,更多的是树叶。我在纷纷下落的东西中认出了我们家榆树上的一片树叶。我赶忙抓住它,平放在手中。这片叶的边缘已有几处损伤,原先背阴的一面被晒得有些发白——它在什么地方经受了什么样的阳光。另一面沾着些褐黄的黏土。我不知道它被刮了多远又被另一场风刮回来,一路上经过了多少地方,这些地方都是我从没去过的。它飘回来了,这是极少数的一片叶子。

风是空气在跑。一场风一过,一个地方原有的空气便跑光了,有些气味再闻不到,有些东西再看不到——昨天弥漫村巷的谁家炒菜的肉香。昨晚被一个人独享的女人的体香。下午晾在树上忘收的一块布。早上放在窗台上写着几句话的一张纸。风把一个村庄酝酿许久的、被一村人吸进呼出弄出特殊味道的一窝子空气,整个地搬运到百里千里外的另一个地方。

每一场风后,都会有几朵我们不认识的云,停留在村庄上头,模样怪怪的,颜色生生的,弄不清啥意思。短期内如果没风,这几朵云就会一动不动赖在头顶,不管我们喜不喜欢。我们看顺眼的云,在风中跑得一朵都找不见。

风一过,人忙起来,很少有空看天。偶尔看几眼,也能看顺眼,把它认成我们村的云,天热了盼它遮遮阳,地旱了盼它下点雨。地果真就旱了,一两个月没水,庄稼一片片蔫了。头顶的几朵云,在村人苦苦的期盼中果真有了些雨意,颜色由雪白变铅灰再变墨黑。眼看要降雨了，突然一阵北风，这些饱含雨水的云跌跌撞撞，飞速地离开村庄，在荒无人烟的南梁上，哗啦啦下了一夜雨。

我们望着头顶腾空的晴朗天空，骂着那些养不乖的野云。第二天全村人开会，做了一个严厉的决定：以后不管南来北往的云，一律不让它在我们村庄上头停，让云远远滚蛋。我们不再指望天上的水，我们要挖一条穿越戈壁的长渠。

那一年村长是胡木，我太年轻，整日缩着头，等待机会来临。

各种各样的风经过了村庄。屋顶上的土，吹光几次，住在房子里的人也记不清楚。无论南墙北墙东墙西墙都被风吹旧，也都似乎为一户户的村人挡住了南来北往的风。有些人不见了，更多的人留下来。

什么留住了他们。

什么留住了我。什么留住了风中的麦垛。

如果所有粮食在风中跑光，所有的村人，会不会在风停之后远走他乡，留一座空荡荡的村庄。早晨我看见被风刮跑的麦捆，在半里外，被几棵铃铛刺拦住。

这些一墩一墩，长在地边上的铃铛刺，多少次挡住我们的路，挂烂手和衣服，也曾多少次被我们的镢头连根挖除，堆在一起一把火烧掉。可是第二年它们又出现在那里。

我们不清楚铃铛刺长在大地上有啥用处。它浑身的小小尖刺，让企图吃它的嘴、折它的手和践它的蹄远离之后，就闲闲地端扎着，刺天空，刺云，刺空气和风。现在它抱住了我们的麦捆,没让它在风中跑远。我第一次对铃铛刺深怀感激。

也许我们周围的许多东西,都是我们生活的一部分,生命的一部分,关键时刻挽留住我们。一株草,一棵树,一片云,一只小虫……它替匆忙的我们在土中扎根,在空中驻足,在风中浅唱……

任何一株草的死亡都是人的死亡。

任何一棵树的夭折都是人的夭折。

任何一粒虫的鸣叫也是人的鸣叫。

四、铁锨是个好东西

我出门时都扛着铁锨。铁锨是这个世界伸给我的一只孤手,我必须牢牢握住它。

铁锨是个好东西。

我在野外走累了,想躺一阵,几锨就会铲出一块平坦的床来。顺手挖两锨土,就垒一个不错的枕头。我睡着的时候,铁锨直插在荒野上,不同于任何一棵树一杆枯木。有人找我,远远会看见一把锨。有野驴野牛飞奔过来,也会早早绕过铁锨,免得踩着我。遇到难翻的梁,虽不能挖个洞钻过去,碰到挡路的灌木,却可以一锨铲掉。这棵灌木也许永不会弄懂挨这一锨的缘故——它长错了地方,挡了我的路。我的铁锨毫不客气地断了它一年的生路。我却从不去想是我走错了路,来到野棘丛生的荒地。不过,第二年这棵灌木又会从老地方重长出一棵来,还会长到这么高,长出这么多枝杈,把我铲开的路密密封死。如果几年后我从原路回来,还会被这一棵挡住。树木不像人,在一个地方吃了亏下次会躲开。树仅有一条向上的生路。我东走西走,可能越走越远,再回不到这一步。

在荒野上我遇到许多动物,有的头顶尖角,有的嘴龇利牙,有的浑身带刺,有的飞扬猛蹄,我肩扛铁锨,互不相犯。

我还碰到过一匹狼。几乎是迎面遇到的。我们在相距约二十米处同时停住。狼和我都感到突然——两个低头赶路的敌对动物猛一抬眼,发现彼此已经照面,绕过去已不可能。狼上上下下打量着我。我从头到尾注视着狼。这匹狼看上去就像一个穷叫花子,毛发如秋草黄而杂乱,像是刚从刺丛中钻出来,脊背上还少了一块毛。肚子也瘪瘪的,活像一个没支稳当的骨头架子。

看来它活得不咋样。

这样一想倒有了一点优越感。再看狼的眼睛,也似乎可怜兮兮的,像在乞求:你让我吃了吧。你就让我吃了吧。我已经几天没有吃东西了。

狼要是吃麦子,我会扔给它几捆子。要是吃饭,我会为它做一顿。问题是,狼非要吃肉。吃我腿上的肉,吃我胸上的肉,吃我胳膊上的肉,吃我脸上的肉。在狼天性的孤独中我看到它选择唯一食物的孤独。

我没看出这是匹公狼还是母狼。我没敢把头低下朝它的后裆里看，我怕它咬断我的脖子。

在狼眼中我又是啥样子呢。狼那样认真地打量着我，从头到脚，足足有半小时，最后狼悻悻地转身走了。我似乎从狼的眼神中看见了一丝失望——一个生命对另一个生命的失望。我不清楚这丝失望的全部含义。我一直看着狼翻过一座沙梁后消失。我松了一口气，放下肩上的铁锨，才发现握锨的手已出汗。

这匹狼大概从没见过扛锨的人，对我肩上多出来的这一截东西眼生，不敢贸然下口。狼放弃了我。狼是明智的。不然我的锨刃将染上狼血，这是我不愿看到的。

我没有狼的孤独。我的孤独不在荒野上，而在人群中。人们干出的事情放在这里，即使最无助时我也不觉孤独和恐惧。假若有一群猛兽飞奔而来，它们会首先惊慑于荒野中的这片麦地，以及耸在地头的高大麦垛，而后对站在麦垛旁手持铁锨的我不敢轻视。一群野兽踏上人耕过的土地，踩在人种出的作物上，也会像人步入猛兽出没的野林一样惊恐。

人们干出的事情放在土地上。

人们把许多大事情都干完了。剩下些小事情。人能干的事情也就这么多了。

而那匹剩下的孤狼是不是人的事情。人迟早还会面对这匹狼，或者消灭或者让它活下去。

我还有多少要干的事情。哪一件不是别人干剩下的——我自己的事情。如果我把所有的活儿干完，我会把铁锨插在空地上远去。

曾经干过多少事情，刃磨短磨钝的一把铁锨，插在地上。是谁最后要面对的事情。

五、野兔的路

上午我沿一条野兔的路向西走了近半小时，我想去看看野兔是咋生活的。野兔的路窄窄的，勉强能容下我的一只脚。要是迎面走来一只野兔，我只有让到一旁，让它先过去。可是一只野兔也没有。看得出，野兔在这条路上走了许多年，小路陷进地面有一拳深。路上撒满了黑豆般大小的粪蛋。野兔喜欢把粪蛋撒在自己的路上，可能边走边撒，边跑边撒，它不会为排粪蛋这样的小事停下来，像人一样专门找个隐蔽处蹲半天。野兔的事可能不比人的少。它们一生下就跑，为一口草跑，为一条命跑，用四只小蹄跑。结果呢，谁知道跑掉了多少。

一只奔波中的野兔，看见自己上午撒的粪蛋还在路上新鲜地冒着热气是不是很有意思。

不吃窝边草的野兔，为一口草奔跑一夜回来，看见窝边青草被别的野兔或野羊吃得精光又是什么感触。

兔的路小心地绕过一些微小东西，一棵草、一截断木、一个土块就能让它弯曲。有时兔的路从挨得很近的两棵刺草间穿过，我只好绕过去。其实我无法看见野兔的生活，它们躲到这么远，就是害怕让人看见。一旦让人看见或许就没命了。或许我的到来已经惊跑了野兔。反正,一只野兔没碰到,却走到一片密麻麻的铃铛刺旁,打量了半天,根本无法过去。我蹲下身,看见野兔的路伸进刺丛,在那些刺条的根部绕来绕去不见了。

往回走时,看见自己的一行大脚印深嵌在窄窄的兔子的小路上,突然觉得好笑。我不去走自己的大道,跑到这条小动物的路上闲逛啥,把人家的路踩坏。野兔要来来回回走多少年,才能把我的一只深脚印踩平。或许野兔一生气,不要这条路了。气再生得大点,不要这片草地了,翻过沙梁远远地迁居到另一片草地。你说我这么大的人了,干了件啥事。

过了几天,我专程来看了看这条路,发现上面又有了新鲜的小爪印,看来野兔没放弃它。只是我的深脚印给野兔增添了一路坎坷,好久都觉得不好意思。

六、等牛把这事干完

麦子快割完的那天下午,地头上赶来一群牛,有三十来头。先割完麦子的人,已陆陆续续从麦地那头往回走。我和老马走出草棚。老马一手提刀,一手拿着根麻绳。我背着手跟在老马后头。我是打下手的。

我们等这群牛等了一个上午。

早晨给我们安排活儿的人说,牛群快赶过来了,你们磨好刀等着。宰那头鼻梁上有道白印子的小黑公牛。肉嫩,煮得快。

结果牛群没来,我们闲了一上午。

那头要宰的黑公牛正在爬高,压在它身下的是头年轻的花白母牛。我们走过去时,公牛刚刚爬上去,花白母牛半推半就地挣扎了几下,好像不好意思,把头转了过去,却正好把亮汪汪的屁股对着我们。

"快死了还干这事。"老马拿着绳要去套牛,被我拦住了。

"慌啥。抽根烟再动手也不迟。"我说。

我和老马在草地上坐下,开始卷烟抽。我们边抽烟边看着牛干事情。

我们一直等到牛把这件事干完。

我们无法等到牛把所有的事干完。刀已磨快,水也烧开,等候吃肉的,坐在草棚外。宰牛是分给我们的事情,不能再拖延。

整个过程我几乎没帮上忙。老马是个老屠夫,宰得十分顺利。他先用绳把牛的一只前蹄和一只后蹄交叉拴在一起,用力一拉,牛便倒了。像一堵墙一样倒了。

接着牛的四蹄被牢牢绑在一起。老马用手轻摸着牛的脖子,找下刀的地方。老马摸牛脖子的时候,牛便舒服地闭上眼睛。刀很麻利地捅了进去。牛没吭一声。也没挣扎一下。

冒着热气的牛肉一块块卸下来,被人扛到草棚那边。肠肚、牛蹄和牛头扔在草地上,这是不要的东西。

卸牛后腿的时候,老马递给我一根软绵绵的东西。

"拿着,这个有用,煮上吃了劲大得很。"

我一看，是牛的那东西。原扔给了老马。

"你煮了吃吧，你老了。我不需要这个。"我说。

老马瞥了我一眼，拿刀尖一挑，那东西便和肠肚扔在了一起。我们需要的只是牛肉。牛的清纯目光、牛哞、牛的奔跑和走动、兴奋和激情，还有，刚才还在享受生活的一根牛鞭，都只有当杂碎扔掉了。

一头牛的肉，煮在大铁锅里，成了一群人的晚餐。我们吃了十几天的素，终于等来一顿荤。一头牛的肉，将化成人们明天割麦子的劲，化成麦子割完后回到家里的劲。

啃牛骨头时我又看见老马扔掉的那截东西，老马说得对，或许我真的应该煮了吃了它，或许我以后的生活中，真的需要一头小公牛的劲，或许以后无论我干什么，我所用的都是这个黄昏里宰杀的一头牛的劲，我用它未尽的力气，做着今生里剩下的事情。

七、对一朵花微笑

我一回头，身后的草全开花了。一大片，像谁说了一个笑话，把一滩草惹笑了。

我正躺在土坡上想事情。是否我想的事情——一个人头脑中的奇怪想法让草觉得好笑，在微风中笑得前仰后合。有的哈哈大笑，有的半掩芳唇，忍俊不禁。靠近我身边的两朵，一朵面朝我，张开薄薄的粉红花瓣，似有吟吟笑声入耳。

另一朵则扭头掩面，仍不能遮住笑颜。我禁不住也笑了起来。先是微笑，继而哈哈大笑。

这是我第一次在荒野中，一个人笑出声来。

还有一次，我在麦地南边的一片绿草中睡了一觉。我太喜欢这片绿草了，墨绿墨绿，和周围的枯黄野地形成鲜明对比。

我想大概是一个月前，浇灌麦地的人没看好水，或许他把水放进麦田后睡觉去了。水漫过田埂，顺这条干沟漫流而下。枯萎多年的荒草终于等来一次生机。那种绿，是积攒了多少年的，一如我目光中的饥渴。我虽不能像一头牛一样扑过去，猛吃一顿。但我可以在绿草中睡一觉。和我喜爱的东西一起睡一觉，做一个梦，也是满足。

一个在枯黄田野上劳忙半世的人，终于等来草木青青的一年。一小片。草木会不会等到我出人头地的一天。

这些简单地长几片叶，伸几条枝，开几瓣小花的草木，从没长高长大，没有茂盛过的草木，每年每年，从我少有笑容的脸和无精打采的行走中，看到的是否全是不景气。

我活得太严肃，呆板的脸似乎对生存已经麻木，忘了对一朵花微笑，为一片新叶欢欣和激动。这不容易开一次的花朵，难得长出的一片叶子，在荒野中，我的微笑可能是对一个卑小生命的欢迎和鼓励。就像青青芳草让我看到一生中那些还未到来的美好前景。

以后我觉得，我成了荒野中的一个。真正进入一片荒野其实不容易，荒野旷敞着，这个巨大的门让你在努力进入时不经意已经走出来，成为外面人。它的细部永远对你紧闭着。

走进一株草、一滴水、一粒小虫的路可能更远。弄懂一棵草，并不仅限于把草喂到嘴里嚼几下，尝尝味道。挖一个坑，把自己栽进去，浇点水，直愣愣站上半天，感觉到的可能只是腿酸脚麻和腰疼，并不能断定草木长在土里也是这般情景。人没有草木那样深的根，无法知道土深处的事情。人埋在自己的事情里，埋得暗无天日。人把一件件事情干完，干好，人就渐渐出来了。

我从草木身上得到的只是一些人的道理，并不是草木的道理。我自以为弄懂了它们，其实我弄懂了自己。我不懂它们。

八、三只虫

一只八条腿的小虫，在我的手指上往前爬，爬得慢极了，走走停停，八只小爪踩上去痒痒的。停下的时候，就把针尖大的小头抬起往前望。然后再走。我看得可笑。它望见前面没路了吗，竟然还走。再走一小会儿，就是指甲盖，指甲盖很光滑，到了尽头，它若悬崖勒不住马，肯定一头栽下去。我正为这粒小虫的短视和盲目好笑，它已过了我的指甲盖，到了指尖，头一低，没掉下去，竟从指头底部慢慢悠悠向手心爬去了。

这下该我为自己的眼光羞愧了，我竟没看见指头底下还有路。走向手心的路。

人的自以为是使人只能走到人这一步。

虫子能走到哪里，我除了知道小虫一辈子都走不了几百米，走不出这片草滩，我确实不知道虫走到了哪里。

一次我看见一只蜣螂滚着一颗比它大好几倍的粪蛋，滚到一个半坡上。蜣螂头抵着地，用两只后腿使劲往上滚，费了很大劲才滚动了一点点。而且，只要蜣螂稍一松劲，粪蛋有可能原滚下去。我看得着急，真想伸手帮它一把，却不知蜣螂要把它弄到哪。朝四周看了一圈也没弄清哪是蜣螂的家，是左边那棵草底下，还是右边那几块土坷垃中间。假如弄明白的话，我一伸手就会把这个对蜣螂来说沉重无比的粪蛋轻松拿起来，放到它的家里。我不清楚蜣螂在滚这个粪蛋前，是否先看好了路，我看了半天，也没看出朝这个方向滚去有啥好去处，上了这个小坡是一片平地，再过去是一个更大的坡，坡上都是草，除非从空中运，或者蜣螂先铲草开一条路，否则粪蛋根本无法过去。

或许我的想法天真，蜣螂根本不想把粪蛋滚到哪去。它只是做一个游戏，用后腿把粪蛋滚到坡顶上，然后它转过身，绕到另一边，用两只前爪猛一推，粪蛋骨碌碌滚了下去，它要看看能滚多远，以此来断定是后腿劲大还是前腿劲大。谁知道呢。反正我没搞清楚，还是少管闲事。我已经有过教训。

那次是一只蚂蚁，背着一条至少比它大二十倍的干虫，被一个土块挡住。蚂蚁先是自己爬上土块，用嘴咬住干虫往上拉，试了几下不行，又下来钻到干虫下面用头顶，竟然顶起来，摇摇晃晃，眼看顶上去了，却掉了下来，正好把蚂蚁碰了个仰面朝天。蚂蚁一骨碌爬起来，想都没想，又换了种姿势，像那只蜣螂那样头顶着地，用后腿往上举。结果还是一样。但它一刻不停，动作越来越快，也越来越没效果。

我猜想这只蚂蚁一定是急于把干虫搬回洞去。洞里有多少孤老寡小在等着这条虫呢。我要能帮帮它多好。或者，要是再有一只蚂蚁帮忙，不就好办多了吗。正好附近有一只闲转的蚂蚁，我把它抓住，放在那个土块上，我想让它站在上面往上拉，下面的蚂蚁正拼命往上顶呢，一拉一顶，不就上去了吗。

可是这只蚂蚁不愿帮忙，我一放下，它便跳下土块跑了。我又把它抓回来，这次是放在那只忙碌的蚂蚁的旁边，我想是我强迫它帮忙，它生气了。先让两只蚂蚁见见面，商量商量，那只或许会求这只帮忙，这只先说忙，没时间。那只说，不白帮，过后给你一条虫腿。这只说不行，给两条。一条半。那只还价。

我又想错了。那只忙碌的蚂蚁好像感到身后有动静，一回头看见这只，二话没说，扑上去就打。这只被打翻在地，爬起来仓皇而逃。也没看清咋打的，好像两只牵在一起，先是用口咬，接着那只腾出一只前爪，抡开向这只脸上扇去，这只便倒地了。

那只连口气都不喘，回过身又开始搬干虫。我真看急了，一伸手，连干虫带蚂蚁一起扔到土块那边。我想蚂蚁肯定会感激这个天降的帮忙。没想到它生气了，一口咬住干虫，拼命使着劲，硬要把它原搬到土块那边去。

我又搞错了。也许蚂蚁只是想试试自己能不能把一条干虫搬过土块，我却认为它要搬回家去。真是的，一条干虫，我会搬它回家吗。

也许都不是。我这颗大脑袋，压根儿不知道蚂蚁那只小脑袋里的事情。

九、老鼠应该有一个好收成

我用一个下午，观察老鼠洞穴。我坐在一蓬白草下面，离鼠洞约二十米远。这是老鼠允许我接近的最近距离。再逼近半步老鼠便会仓皇逃进洞穴，让我什么都看不见。

老鼠洞筑在地头一个土包上，有七八个洞口。不知老鼠凭什么选择了这个较高的地势。也许是在洞穴被水淹多少次后，知道了把洞筑在高处。但这个高它是怎样确定的。靠老鼠的寸光之目，是怎样对一片大地域的地势作高低判断的。它选择一个土包，爬上去望望，自以为身居高处，却不知这个小土包是在一个大坑里。这种可笑短视行为连人都无法避免，何况老鼠？

但老鼠的这个洞的确筑在高处。以我的眼光，方圆几十里，这也是最好的地势。再大的水灾也不会威胁到它。

这个蜂窝状的鼠洞里住着大约上百只老鼠，每个洞口都有老鼠进进出出，有往外运麦壳和杂渣的，有往里搬麦穗和麦粒的。那繁忙的景象让人觉得它们才是真正的收获者。

有几次我扛着锨过去，忍不住想挖开老鼠的洞看看，它到底贮藏了多少麦子。但我还是没有下手。

老鼠洞分上中下三层，老鼠把麦穗从田野里运回来，先贮存在最上层的洞穴。中层是加工作坊。老鼠把麦穗上的麦粒一粒粒剥下来，麦壳和渣子运出洞外，干净饱满的麦粒从一个垂直洞口滚落到最下层的底仓。

每一项工作都有严格的分工，不知这种分工和内部管理是怎样完成的。在一群匆忙的老鼠中，哪一个是它们的王，我不认识。我观察了一下午，也没有发现一只背着手迈着方步闲转的官鼠。

我曾在麦地中看见一只当搬运工具的小老鼠，它仰面朝天躺在地上，四肢紧抱着几支麦穗，另一只大老鼠用嘴咬住它的尾巴，当车一样拉着它走。我走近时，拉的那只扔下它跑了，这只不知道发生了啥事，抱着麦穗躺在地上发愣。我踢了它一脚，它才反应过来，一骨碌爬起来，扔下麦穗便跑。我看见它的脊背上磨得红稀稀的，没有了毛。跑起来一歪一斜，像是很疼的样子。

以前我在地头见过好几只脊背上没毛的死老鼠，我还以为是它们相互厮打致死的，现在明白了。

在麦地中，经常能碰到几只匆忙奔走的老鼠，它让我停住脚步，想想自己这只忙碌的大老鼠，一天到晚又忙出了啥意思。我终生都不会，走进老鼠深深的洞穴，像个客人，打量它堆满底仓的干净麦粒。

老鼠应该有这样的好收成。这也是老鼠的土地。

我们未开垦时，这片长满矮蒿的荒地上到处是鼠洞，老鼠靠草籽和草秆为生，过着富足安逸的日子。我们烧掉蒿草和灌木，毁掉老鼠洞，把地翻一翻，种上麦子。我们以为老鼠全被埋进地里了。当我们来割麦子的时候，发现地头筑满了老鼠洞，它们已先我们开始了紧张忙碌的麦收。这些没草籽可食的老鼠，只有靠麦粒为生。被我们称为细粮的坚硬麦粒，不知合不合老鼠的口味，老鼠吃着它胃舒不舒服。

这些匆忙的抢收者，让人感到丰收和喜悦不仅仅是人的，也是万物的。

我们喜庆的日子，如果一只老鼠在哭泣，一只鸟在伤心流泪，我们的欢乐将是多么的孤独和尴尬。

在我们周围，另一种动物，也在为这片麦子的丰收而欢庆，我们听不见它们的笑声，但能感觉到。

它们和村人一样期待了一个春天和一个漫长夏季。它们的期望没有落空。我们也没落空。它们用那只每次只能拿一支麦穗、捧两颗麦粒的小爪子，从我们的大丰收中，拿走一点儿，就能过很好的日子。而我们，几乎每年都差那么一点儿，就能幸福美满地——吃饱肚子。

十、孤独的声音

有一种鸟,对人怀有很深的敌意。我不知道这种鸟叫什么。它们常站在牛背上捉虫子吃,在羊身上跳来跳去,一见人便远远飞开。

还爱欺负人,在人头上拉鸟屎。

它们成群盘飞在人头顶,发出悦耳的叫声。人陶醉其中,冷不防,一泡鸟屎落在头上。人莫名其妙,抬头看天上,没等看清,又一泡鸟屎落在嘴上或鼻梁上。人生气了,捡一个土块往天上扔,鸟便一只不见了。

还有一种鸟喜欢亲近人,对人说鸟语。

那天我扛着锨站在埂子上,一只鸟飞过来,落在我的锨把上,我扭头看着它,是只挺大的灰鸟。我一伸手就能抓住它。但我没伸手。灰鸟站稳后便对着我的耳朵说起鸟语,声音很急切,一句接一句,像在讲一件事,一种道理。我认真地听着,一动不动。灰鸟不停地叫了半个小时,最后声音沙哑地飞走了。

以后几天我又在别处看见这只鸟,依旧单单的一只。有时落在土块上,有时站在一个枯树枝上,不住地叫。还是给我说过的那些鸟语。只是声音更沙哑了。

离开野地后,我再没见过和那只灰鸟一样的鸟。这种鸟可能就剩下那一只了,它没有了同类,希望找一个能听懂它话语的生命。它曾经找到了我,在我耳边说了那么多动听的鸟语。可我，只是个种地的农民，没在天上飞过，没在高高的树枝上站过。我怎会听懂鸟说的事情呢？

不知那只鸟最后找到知音了没有。听过它孤独鸟语的一个人，却从此默默无声。多少年后，这种孤独的声音出现在他的声音中。

十一、最大的事情

我在野地只待一个月（在村里也就住几十年），一个月后，村里来一些人，把麦子打掉，麦草扔在地边。我们一走，不管活儿干没干完，都不是我们的事情了。

老鼠会在仓满洞盈之后，重选一个地方打新洞。也许就选在草棚旁边，或者草垛下面。草棚这儿地势高，干爽，适合人筑屋鼠打洞。麦草垛下面隐蔽、安全，麦秆中少不了有一些剩余的麦穗麦粒，足够几代老鼠吃。

鸟会把巢筑在草棚上，在伸出来的那截木头上，涂满白色鸟粪。

野鸡会从门缝钻进来，在我们睡觉的草铺上，生几枚蛋，留一地零乱羽毛。

这些都是给下一年来到的人们留下的麻烦事情。下一年，一切会重新开始。剩下的事将被搁在一边。

如果下一年我们不来。下下一年还不来。

如果我们永远地走了，从野地上的草棚，从村庄，从远远近近的城市。如果人的事情结束了，或者人还有万般未竟的事业但人没有了。再也没有了。

那么，我们干完的事，将是留在这个世界上的——最大的事情。

别说一座钢铁空城、一个砖瓦村落。仅仅是我们弃在大地上的一间平常的土房子，就够它们多少年收拾。

草大概用五年时间，长满被人铲平踩瓷实的院子。草根蛰伏在土里，它没有死掉，一直在土中窥听地面上的动静。一年又一年，人的脚步在院子里走来走去，时缓时快，时轻时沉。终于有一天，再听不见了。草根试探性地拱破地面，发一个芽，生两片叶，迎风探望一季，确信再没锨来铲它，脚来踩它，草便一棵一棵从土里钻出来。这片曾经是它们的土地已面目全非，且怪模怪样地耸着一间土房子。

草开始从墙缝往外长，往房顶上长。

而房顶的大木梁中，几只蛀虫正悄悄干着一件大事情。它们打算用八十七年，把这棵木梁蛀空。然后房顶塌下来。

与此同时，风四十年吹旧一扇门上的红油漆。雨八十年冲掉墙上的一块泥皮。

厚实的墙基里，一群蝼蚁正一小粒一小粒往外搬土。它们把巢筑在墙基里，大蝼蚁在墙里死去，小蝼蚁又在墙里出生。这个过程没有谁能全部经历，它太漫长，大概要一千八百年，墙根就彻底毁了。曾经从土里站起来，高出大地的这些土，终归又倒塌到泥土里。

但要完全抹平这片土房子的痕迹，几乎是不可能的。

不管多大的风,刮平一道田埂也得一百年工夫。人用旧扔掉的一只瓷碗,在土中埋三千年仍纹丝不变。而一根扎入土地的钢筋,带给土地的将是永久的刺痛。几乎没有什么东西能够消磨掉它。

除了时间。

时间本身也不是无限的。

所谓永恒,就是消磨一件事物的时间完了,这件事物还在。时间再没有时间。

春天的步调

刚发现那只虫子时,我以为它在仰面朝天晒太阳呢。我正好走累了,坐在它旁边休息。其实我也想仰面朝天和它并排躺下来。我把铁锨插在地上。太阳正在头顶。春天刚刚开始,地还大片地裸露着。许多东西没有出来。包括草,只星星点点地探了个头儿,一半儿还是种子埋藏着。那些小虫子也是一半儿在漫长冬眠的苏醒中。这就是春天的步骤,几乎所有生命都留了一手。它们不会一下子全涌出来。即使早春的太阳再热烈,它们仍保持着应有的迟缓。因为,倒春寒是常有的。当一场寒流杀死先露头的绿芽儿,那些迟迟未发芽的草籽、未醒来的小虫子们便幸存下来,成为这片大地的又一次生机。

春天,我喜欢早早地走出村子,雪前脚消融,我后脚踩上冒着热气的荒地。我扛着锨,拿一截绳子。雪消之后荒野上会露出许多东西：一截干树桩，半边埋入土中的柴火棍……大地像突然被掀掉被子，那些东西来不及躲藏起来。草长高还得些时日。天却一天天变长。我可以走得稍远一些，绕到河湾里那棵歪榆树下，折一截细枝，看看断茬处的水绿便知道它多有生气，又能旺势地活上一年。每年春天我都会最先来到这棵榆树下，看上几眼。它是我的树。那根直端端指着我们家房顶的横杈上少了两个细枝条，可能入冬后被谁砍去当筐把子了。上个秋天我爬到树上玩时就发现它是根好筐把子，我没舍得砍。再长粗些说不定是根好锨把呢。我想。它却没能长下去。

我无法把一棵树、树上的一根直爽枝条藏起来，让它秘密地为我一个人生长。我只藏埋过一个西瓜，它独独地为我长大、长熟了。

发现那棵西瓜时它已扯了一米来长的秧，根上结了拳头大的一个瓜蛋，梢上还挂着指头大两个小瓜蛋。我想是去年秋天挖柴的人在这儿吃西瓜吐的籽。正好这儿连根挖掉一棵红柳，土虚虚的，很肥沃，还有根挖走后留下的一个小蓄水坑，西瓜便长了起来。

那时候雨水盈足，荒野上常能看见野生的五谷作物：牛吃进肚子没消化掉又排出的整粒苞米，鸟飞过时一松嘴丢进土里的麦粒、油菜籽，鼠洞遭毁后埋下的稻米、葵花……都会在春天发芽生长起来。但都长不了多高又被牲畜、野动物啃掉。

这棵西瓜迟早也会被打柴人或动物发现。他们不会等到瓜蛋子长熟便会生吃了它。谁都知道荒野中的一棵瓜你不会第二次碰见。除非你有闲工夫,在这棵西瓜旁搭个草棚住下来,一直守着它长熟。我倒真想这样去做。我住在野地的草棚中看守过几个月麦垛,也替大人看守过一片西瓜地。在荒野中搭草棚住下,独独地看着一棵西瓜长大这件事,多少年后还在我的脑子想着。我却没做到。我想了另外一个办法:在那棵瓜蛋子下面挖了一个坑,让瓜蛋吊进去。用木棍、草叶和土小心地把坑顶封住。把秧上另两个小瓜蛋掐去。秧头打断,不要它再张扬着长。让人一看就知道这是一截啥都没结的西瓜秧,不会对它过多留意。

此后的一个多月里,我又来看过它三次。显然,有人和动物已经来过,瓜秧旁有新脚印。一只圆形的牛蹄印,险些踩在我挖的坑上。有一个人在旁边站了好一阵儿,留下一对深脚印。他可能不太相信自己的眼睛。还蹲下用手拨了拨西瓜叶——这么粗壮的一截瓜秧,怎么会没结西瓜呢。

又过了一些日子,我估摸着那个瓜该熟了。大田里的头茬瓜已经下秧。我夹了条麻袋,一大早悄悄溜出村子。当我双手微颤着扒开盖在坑顶的土、草叶和木棍——我简直惊住了,那么大一个西瓜,满满地挤在土坑里。抱出来发现它几乎是方的。我挖的坑太小,太方正,让它委屈地长成这样。

当我把这个瓜背回家,家里人更是一片惊喜。他们都不敢相信这个怪模怪样的东西是一个西瓜。它咋长成这样了。

出河湾向北三四里,那片低洼的荒野中蹲着另一棵大榆树,向它走去时我怀着一丝的幻想与侥幸:或许今年它能活过来。

这棵树去年春天就没发芽。夏天我赶车路过它时仍没长出一片叶子。我想它活糊涂了,把春天该发芽长叶子这件事忘记了。树老到这个年纪就这样,死一阵子活一阵子。有时我们以为它死彻底了,过两年却又从干裂的躯体上生出几条嫩枝,几片绿叶子。它对生死无所谓了。它已长得足够粗。有足够多的枝杈,尽管被砍得剩下三两个。它再不指点什么。它指向的绿地都已荒芜。在荒野上一棵大树的每个枝杈都指示一条路。有生路有死路。会看树的人能从一棵粗壮枝杈的指向找到水源和有人家的居住地。

这片土地上的东西已经不多了:树、牲畜、野动物、人、草地,少一个我便能觉察出。我知道有些东西不能再少下去。

每年春天,让我早早走出村子的,也许就是那几棵孤零零的大榆树、洼地里的片片绿草,还有划过头顶的一声声鸟叫——鸟儿们从一棵树,飞向远远的另一棵。飞累了,落到地上喘气……如果没有了它们,我会一年四季待在屋子里,四面墙壁,把门和窗户封死。我会不喜欢周围的每一个人。恨我自己。

在这个村庄里,人可以再少几个,再走掉一些。那些树却不能再少了。那些鸟叫与虫鸣再不能没有。

在春天,有许多人和我一样早早地走出村子,有的扛把锨去看看自己的地。尽管地还泥泞。苞谷茬端扎着。秋收时为了进车平掉的一截毛渠、一段埂子，还原样地放着。没什么好看的，却还是要绕着地看一圈子。

有的出去拾一捆柴背回来。还有的人，大概跟我一样没什么事情，只是想在冒着热气的野外走走。整个冬天冰封雪盖，这会儿脚终于踩在松软的土上了。很少有人在这样的天气窝在家里。春天不出门的人，大都在家里生病。病也是一种生命，在春天暖暖的阳光中苏醒。它们很猛地生发时，村里就会死人。这时候，最先走出村子挥锨挖土的人，就不是在翻地播种，而是挖一个坟坑。这样的年成命定亏损。人们还没下种时，已经把一个人埋进土里。

在早春我喜欢迎着太阳走。一大早朝东走出去十几里，下午面向西逛荡回来，肩上仍旧一把锨一截绳子。有时多几根干柴，顶多三两根。我很少捡一大捆柴压在肩上，让自己弓着背从荒野里回来——走得最远的人往往背回来的东西最少。

我只是喜欢让太阳照在我的前身。清早，刚吃过饭，太阳照着鼓鼓的肚子，感觉嚼碎的粮食又在身体里葱葱郁郁地生长。尤其平射的热烈阳光穿过我两腿之间。我尽量把腿叉得开些走路，让更多的阳光照在那里。这时我才体会到"阳光普照"这个词。阳光照在我的头上和肩上，也照在我正慢慢成长的阴囊上。

我注意到牛在春天吃草时喜欢屁股对着太阳。驴和马也这样。狗爱坐着晒太阳。老鼠和猫也爱后腿叉开坐在地上晒太阳。它们和我一样会享受太阳普照在潮湿阴部的亢奋与舒坦劲儿。

我同样能体会到这只常年爬行、腹部晒不到太阳的小甲壳虫，此刻仰面朝天躺在地上的舒服劲儿。一个爬行动物，当它想让自己一向阴潮的腹部也能晒上太阳时，它便有可能直立起来，最终成为智慧动物。仰面朝天是直立动物享乐的特有方式。一般的爬行动物只有死的时候才会仰面朝天。

这样想时突然发现这只甲壳虫朝天蹬腿的动作有些僵滞，像在很痛苦地抽搐。它是否快要死了。我躺在它旁边。它就在我头边上。我侧过身，用一个小木棍拨了它一下，它正过身来，光滑的甲壳上反射着阳光，却很快又一歪身，仰面朝天躺在地上。

我想它是快要死了。不知什么东西伤害了它。这片荒野上一只虫子大概有两种死法：死于奔走的大动物蹄下，或死于天敌之口。还有另一种死法——老死，我不太清楚。在小动物中我只认识老蚊子。其他的小虫子，它们的死太微小，我看不清。当它们在地上走来奔去时，我确实弄不清哪个老了，哪个正年轻。看上去它们是一样的。

老蚊子朝人飞来时往往带着很大的嗡嗡声。飞得也不稳，好像一只翅膀有劲，一只没劲。往人皮肤上落时腿脚也不轻盈，很容易让人觉察，死于一巴掌之下。

一次我躺在草垛上想事情，一只老蚊子朝我飞过来，它的嗡嗡声似乎把它吵晕了，绕着我转了几圈才落在手臂上。

落下了也不赶紧吸血，仰着头，像在观察动静，又像在大口喘气。它犹豫不定时，已经触动我的一两根汗毛，若在晚上我会立马一巴掌拍在那里。可这次，我懒得拍它。我的手正在远处干一件想象中的美妙事情。我不忍将它抽回来。况且，一只老蚊子，已经不怕死，又何必置它于死地。再说我一挥手也耗血气，何不让它吸一点血赶紧走呢。

它终于站稳当了。它的小吸血管可能有点钝，它往下扎了一下，没扎进去，又抬起头，猛扎了一下。一点细微的疼。是我看见的。我的身体不会把这点细小的疼传到心里。它在我疼感不知觉的范围内吸吮鲜血。那是我可以失去的。我看见它的小肚子一点点红起来，皮肤才有了点痒，我下意识抬起手，做挥赶的动作。它没看见，还在不停地吸，半个小肚子都红了。我想它该走了。我也只能让它吸半肚子血。剩下的到别人身上去吸吧。再贪嘴也不能叮住一个人吃饱。这样太危险。可它不害怕，吸得投入极了。我动了动胳膊，它翅膀扇了一下，站稳身体，丝毫没影响嘴的吮吸。我真恼了，想一巴掌拍死它，又觉得那身体里满是我的血，拍死了可惜。

这会儿它已经吸饱了，小肚子红红鼓鼓的，我看见它拔出小吸管，头晃了晃，好像在我的一根汗毛根上擦了擦它吸管头上的血迹，一蹬腿飞起来。飞了不到两拃高，一头栽下去，掉在地上。

这只贪婪的小东西，它拼命吸血时大概忘了自己是只老蚊子了。它的翅膀已驮不动一肚子血。它栽下去，立马就死了。它仰面朝天,细长的腿动了几下,我以为它在挣扎,想爬起来再飞。却不是。它的腿是风吹动的。

我知道有些看似在动的生命,其实早死亡了。风不住地刮着它们,从一个地方,到另一个地方,再回来。

这只甲壳虫没有马上死去。它挣扎了好一阵子了。我转过头看了会儿远处的荒野、荒野尽头的连片沙漠,又回过头,它还在蹬腿,只是动作越来越无力。它一下一下往空中蹬腿时,我仿佛看见一条天上的路。时光与正午的天空就这样被它朝天的小细腿一点点地西移了一截子。

接着它不动了。我用小棍拨了几下,仍没有反应。

我回过头开始想别的事情。或许我该起来走了。我不会为一只小虫子的死去悲哀。我最小的悲哀大于一只虫子的死亡。就像我最轻的疼痛在一只蚊子的叮咬之外。

我只是耐心地守候过一只小虫子的临终时光,在永无停息的生命喧哗中,我看到因为死了一只小虫而从此沉寂的这片土地。别的虫子在叫。别的鸟在飞。大地一片片明媚复苏时,在一只小虫子的全部感知里,大地暗淡下去。

与虫共眠

我在草中睡着时,我的身体成了众多小虫子的温暖巢穴。那些形态各异的小动物,从我的袖口、领口和裤腿钻进去,在我身上爬来爬去,不时地咬两口,把它们的小肚子灌得红红鼓鼓的。吃饱玩够了,便找一个隐秘处酣然而睡。

我身体上发生的这些事我一点也不知道。那天我翻了一下午地,又饿又累。本想在地头躺一会儿再往回走,地离村子还有好几里路,我干活儿时忘了留点回家的力气。时值夏季,田野上虫声、蛙声、谷物生长的声音交织在一起,像支巨大的催眠曲。我的头一挨地便酣然入睡,天啥时黑的我一点不知道,月亮升起又落下我一点没有觉察。醒来时已是另一个早晨,我的身边爬满各种颜色的虫子,它们已先我而醒忙它们的事了。这些勤快的小生命,在我身上留下许多又红又痒的小疙瘩,证明它们来过了。我想它们和我一样睡了美美的一觉。有几个小家伙，竟在我的裤子里待舒服了，不愿出来。若不是瘙痒得难受我不会脱了裤子捉它们出来。对这些小虫来说，我的身体是一片多么辽阔的田野，就像我此刻趴在大地的这个角落，大地却不会因瘙痒和难受把我捉起来扔掉。大地是沉睡的，它多么宽容。在大地的怀抱中我比虫子大不了多少。我们知道世上有如此多的虫子，给它们一一起名，分科分类。而虫子知道我们吗？这些小虫知道世上有刘亮程这条大虫吗？有些虫朝生暮死，有些仅有几个月或几天的短暂生命，几乎来不及干什么便匆匆离去。没时间盖房子，创造文化和艺术。没时间为自己和别人去着想。生命简洁到只剩下快乐。我们这些聪明的大生命却在漫长岁月中寻找痛苦和烦恼。一个听烦世道喧嚣的人，躺在田野上听听虫鸣该是多么幸福。大地的音乐会永无休止。而有谁知道这些永恒之音中的每个音符是多么仓促和短暂。

我因为在田野上睡了一觉，被这么多虫子认识。它们好像一下子就喜欢上我，对我的血和肉的味道赞赏不已。有几个虫子，显然乘我熟睡时在我脸上走了几圈，想必也大概认下我的模样了。现在，它们在我身上留了几个看家的，其余的正在这片草滩上奔走相告，呼朋引类，把发现我的消息传播给所有遇到的同类们。我甚至感到成千上万只虫子正从四面八方朝我呼拥而来。我的血液沸腾，仿佛几十年来梦想出名的愿望就要实现了。这些可怜的小虫子，我认识你们中的谁呢？！我将怎样与你们一一握手。你们的脊背窄小得签不下我的名字，声音微弱得近乎虚无。我能对你们说些什么呢?

当千万只小虫呼拥而至时,我已回到人世的一个角落,默默无闻做着一件事,没几个人知道我的名字,我也不认识几个人,不知道谁死了谁还活着。一年一年地听着虫鸣,使我感到了小虫子的永恒。而我,正在世上苦度最后的几十个春秋。面朝黄土,没有叫声。

我们吹开花朵不吹起一粒尘土。

吹开尘土,看见埋没多年的事物,跟新的一样。

当更大更猛的风刮过田野,我们在哗哗的叶子声里藏起了自己,不跟它们刮往远处。

第二部分 一片叶子下生活

一片叶子
下生活

一、逃跑的粮食

　　那片正午田野的明亮安静，一直延伸到我日渐开阔的中年人生。

　　成长着的庄稼，不以它们的成长惊扰我们。

　　跳过水渠，走上一段窄窄田埂。你的长裙不适合在渠沟交错的田地间步行，却适合与草和庄稼沾惹亲近。

　　一村庄人在睡午觉。大片大片的庄稼们，扔给正午灼热的太阳。

　　我们说笑着走去时，是否惊扰了那一大片玉米的静静生长。你快乐的欢笑会不会使早过花期的草木，丢下正结着的种子，反身重蹈含苞吐蕊的花开之路。

　　我听说玉米是怕受惊吓的作物。谷粒结籽时，听到狗叫声就会吓得停住，往上长一片叶子，狗叫停了再一点一点结籽。所以，到秋天掰苞谷时，我们发现有些棒子上缺一排谷粒，有些缺两三排。还有的棒子半截子没籽，空秃秃的，像遗忘了一件事。

到了七月，磨镰刀的声音会使麦子再度返青。这些种地人都知道。每年这个月份农人闭户关门，晚上不点灯，黑黑地把镰刀磨亮。第二天一家人齐齐来到地里，镰刀高举。麦子看见农人来了，知道再跑不掉，就低头受割。

返青是麦子逃跑的方式之一。它往回跑。其余的我就不说了。我要给粮食留一条路。只有它们和我知道的逃跑之路。

庄稼地和村子其实是两块不一样的作物，它们相互收割又相互种植。长成一代人要费多少个季节的粮食。多少个季节的粮食在这块地里长熟时，一代人也跟着老掉了。

更多时光里这两块作物相互倾听。苞谷日日听着村子里的事情抽穗扬花，长黄叶子。人夜夜耳闻庄稼的声音入梦。村里人睡觉，不管头南头北，耳朵总对着自己的庄稼地。地里一有响动人立马惊醒，上房顶望一阵。大喝一声。全村的狗一时齐吠。狗一吠，村子周围的庄稼都静悄悄了。

我说的这些你会不会听懂。你快乐的笑声肯定让这块庄稼有个好收成。它们能听懂你的欢笑。我也会。走完这段埂子，我希望能听懂你说话的心。就像农人听懂一棵苞米。一地苞米的生长声，尽管我们听不见，但一定大得吓人。

你看农人在地里，很少说话。怕说漏了嘴，让作物听见。

一片麦地如果听见主人说，明年这块地不种麦子了，它就会记在心里，刮风时使劲摇晃，摇落许多麦粒。下年不管农人种啥，它都会长出一地麦苗子。

麦子会自己种自己。还会逃跑。

种地人一辈子扛着锨追赶粮食。打好多埂子拦住粮食。挖渠沟阻挡粮食。捆绑粮食。碾碎粮食。离心最近的地方盛装粮食。粮食跑到哪就追赶到哪里。托老带幼。背井离乡。千里万里就为了一口粮食。

有一种粮食在人生的远路上，默默黄熟，摇落在地。我们很少能被它滋养。我们徒劳的脚，往往朝着它的反方向，奔波不已。

说出这些并不是我已经超越俗世的粮食。正相反，多少年来我一直，被俗世的粮食亏欠着，没有气力走向更远处。

我只是独自怀想那片远地上的麦子，一年年地熟透黄落，再熟透黄落。我背对它们，走进这片村庄田野里。

对我来说，能赶上这一季的苞谷长熟，已经是不错的幸福，尽管不是我的。还有比我更幸福的那一村人，他们被眼看成熟的庄稼围住，稻子、苞米、葵花，在他们仰面朝天的午睡里，又抽穗又长籽。

只有他们知道，今年的丰收是跑不掉了。

二、驴脑子里的事情

縻在渠沿上的一头驴,一直盯着我们走到眼前,又走过去,还盯着我们看。它吃饱了草没事,看看天,眯一阵眼睛,再看几眼苞谷地,望望地边上的村子,想着大中午的,主人也不牵它回去歇凉。终于看见两个不认识的人,一男一女,走出村子钻进庄稼地。驴能认出男人女人。有些牲畜分不清男女。大多数人得偏头往驴肚子底下看,才能认出公母。

你知道吗,驴眼睛看人最真实,它不小看人,也不会看大。只斜眼看人。鸡看人分七八截子,一眼一眼地看上去,脑子里才有个全人的影像。而且,鸡没记性,看一眼忘一眼。鸡主要看人手里有没有撒给它的苞谷,它不关心人脖子上面长啥样子。

据说牛眼睛里的人比正常人大得多。所以牛服人,心甘情愿让人使唤。鹅眼睛中人小小的,像一只可以吃掉的虫子。所以鹅不怕人。见了人直扑过来,嘴大张,鹅鹅地叫,想把人吞下去。人最怕想法比自己胆大的动物。人惹狗都不敢惹鹅。

老鼠只认识人的脚和鞋子。人的腿上面是啥东西它从来不知道。人睡着时老鼠敢爬到人脸上,往人嘴里钻,却很少敢走近人的鞋子。人常常拿鞋子吓老鼠,睡前把鞋放在头边,一前一后,老鼠以为那里站着一个人,就不敢过来。

你知道那头驴脑子里想啥事情？

走出好远了驴还看着我们。我们回头看它时，它把头转了过去。但我知道它仍在看。它的眼睛长在头两边，只要它转一下眼珠子，就会看见我们一前一后走进苞谷地。

一道窄窄的田埂被人走成了路，从苞谷地中穿过去。刮风时两块苞米地的叶子会碰到一起。这可能是两家人的苞谷。长成两种样子。这我能看出来。左边这块肯定早播种两三天，叶子比右边这片的要老一些。右边这片上的肥料充足，苞谷秆壮，棒子也粗实。一家人勤快些，一家人懒，地里的草在告诉我。

我说，即使我离开二百年回来，我仍会知道这块田野上的事情，它不会长出让我不认识的作物。麦子收割了，苞谷还叶子青青长在地里。红花红到头，该一心一意结它有棱角的种子。它的刺从今天开始越长越尖硬，让贪嘴的鸟儿嘴角流血，歪着身子咽下一粒。还有日日迎着太阳转动的金黄葵花，在一个下午脖子硬了，太阳再喊不动它。

快走出苞谷地了，我一回头望着你。你知道我脑子里想啥事情？你一笑，头低下。你的眼神中有我走不出的一片玉米地。我没敢说出的心思也许早让那头毛驴看得清清楚楚。

也许那头驴脑子里的事情，是这片大地上最后的秘密。它不会泄露的心思里，秋天的苞谷和从眼前晃过的一男一女，会留下怎样的一个故事。你欢快的笑声肯定在它长毛的长耳朵里，回荡三日。它跟我一样，会牢牢记着你。

三、一片叶子下生活

如果我们要求不高,一片叶子下安置一生的日子。花粉佐餐,露水茶饮,左邻一只叫花姑娘的甲壳虫,右邻两只忙忙碌碌的褐黄蚂蚁。这样的秋天,各种粮食的香味弥漫在空气里,粥一样稠浓的西北风,喝一口便饱了肚子。

我会让你喜欢上这样的日子,生生世世跟我过下去。叶子下怀孕,叶子上产子。我让你一次生一百个孩子。他们三两天长大,到另一片叶子下过自己的生活。我们不计划生育,只计划好用多久时间,让田野上到处是我们的子女。他们天生可爱懂事,我们的孩子,只接受阳光和风的教育,在露水和花粉里领受我们的全部旨意。他们向南飞,向北飞,向东飞,都回到家里。

如果我们要求不高,一小洼水边,一块土下,一个浅浅的牛蹄窝里,都能安排好一生的日子。针尖小的一丝阳光暖热身子,头发细的一丝清风,让我们凉爽半个下午。

我们不要家具,不要床,困了你睡在我身上,我睡在一粒发芽的草籽上,梦中我们被手掌一样的蓓蕾捧起,越举越高,醒来时就到夏天了。扇扇双翅,我要到花花绿绿的田野转一趟。一朵叫紫胭的花上你睡午觉,一朵叫红媚的花儿在头顶撑开凉棚。谁也不惊动你,紫色花粉沾满身子,红色花粉落进梦里。等我转一圈回来,拍拍屁股,宝贝,快起来怀孕生子,东边那片麦茬地里空空荡荡,我们赶紧把子孙繁衍到那里。

如果不嫌轻，我们还可以像两股风一样过日子。春天的早晨你从东边那条山谷吹过来，我从南边那片田野刮过去。我们遇到一起合成一股风。是两股紧紧抱在一起的风。

我们吹开花朵不吹起一粒尘土。

吹开尘土，看见埋没多年的事物，跟新的一样。

当更大更猛的风刮过田野，我们在哗哗的叶子声里藏起了自己，不跟它们刮往远处。

围绕村子，一根杨树枝上的红布条够你吹动一个下午。一把旧镰刀上的斑驳尘锈够我们拂拭一辈子。生活在哪儿停住，哪儿就有锈迹和累累尘土。我们吹不动更重的东西：石磨盘下的天空草地，压在深厚墙基下的金子银子。还有更沉重的这片村庄田野的百年心事。

也许，吹响一片叶子，摇落一粒草籽，吹醒一只眼睛里的晴朗天空——这些才是我们最想做的。

可是，我还是喜欢一片叶子下的安闲日子，叶子上怀孕，叶子下产子。田野上到处是我们可爱的孩子。

如果我们死了，收回快乐忙碌的四肢，一动不动躺在微风里。说好了，谁也不蹬腿，躺多久也不翻身。

不要把我们的死告诉孩子。死亡仅仅是我们的事。孩子们会一代一代地生活下去。

如果我们不死。只有头顶的叶子黄落，身下的叶子也黄落。落叶铺满秋天的道路。下雪前我们搭乘拉禾秆的牛车回到村子。天渐渐冷了。我们不穿冬衣。长一身毛。你长一身红毛，我长一身黑毛。一红一黑站在雪地。太冷了就到老鼠洞穴蚂蚁洞穴避寒几日。

不想过冬天也可以，选一个隐蔽处昏然睡去，一直睡到春暖草绿。睁开眼，我会不会已经不认识你，你会不会被西风刮到河那边的田野里。冬眠前我们最好手握手面对面。紧抱在一起。春天最早的阳光从东边照来，先温暖你的小身子。如果你先醒了，坐起来等我一会儿。太阳照到我的脸上我就醒来，动动身体，睁开眼睛，看见你正一口一口吹我身上的尘土。

又一年春天了。你说。

又一年春天了。我说。

我们在城里的房子是否已被拆除。在城里的车是否已经跑丢了轱辘。城里的朋友，是否全变成老鼠，顺着墙根溜出街市，跑到村庄田野里。

你说，等他们全变成老鼠了，我们再回去。

四、迟疑的刀

这是别人的田野，有一条埂子让我们走路，一渠沟秋水让你洗手濯足。有没有一小块地，让我们播自己的种子。

我们有自己的种子吗。如果真有一块地，几千亩、几万亩这样大的地，除了任它长草开花，长树，落雪下雨，荒成沙漠戈壁，还能种下什么呢。

当我们一路忙活着走远时，大地上的秋天从一粒草籽落地开始，一直地铺展开去。牛车走坏道路。鸟儿在空中疾飞急叫，眼睛都红了。没有粮仓的鸟儿们，眼巴巴看着人一车车把粮食全收回去。随后的第一场雪，又将落地的谷粒全都盖住。整个冬天鸟站在最冷的树枝上，盯着人家的院子，盯着人家的烟囱冒烟，一群一伙地飞过去，围着黑烟囱取暖。老鼠在人收获前的半个月里，已经装满仓，封好洞，等人挥镰舞叉来到地里，老鼠已步态悠闲地在田间散步，装得若无其事，一会儿站在一块土疙瘩上叫一声：快收快收，要下雨了。一会儿又在地头喊：这里漏了两束麦子，捡回去，别浪费了。

每当这个时候，你知道谁在收割人这种作物，一镰挨一镰地，那把刀从来不老，从不漏掉一个，嚓嚓嚓的收割声响在身后，我们回过头，看见自己割倒的一片麦田，看见田地那，几千几万里的莽莽大野里，几万万年间的人们，一片片地割倒在地，我们是剩在地头的最后的一长溜子。

我们青青的叶子是否让时光之镰稍稍缓迟。

你勉力坚持，不肯放弃的青春美丽，是否已经改变了命运前途。

我看见那个提刀的人，隐约在田地那边。在随风摇曳的大片麦穗与豆秧那头，是他一动不动的那颗头。

他看着整个一大片金黄麦田。

他下镰的时候，不会在乎一两株叶青穗绿的麦子。他的镰刀绕不过去。他的收成里不缺少还没成熟的那几粒果实。他的喜庆中夹杂的一两声细微哭泣只有我们听见。他的镰刀不认识生命。

他是谁呢？

当那把镰刀握在我们手中，我们又是谁呢？

我在老奇台半截沟村一户人家门前的地里，见过独独的一株青玉米。其他的玉米秆全收割了，一捆捆立在地边。这株玉米独独地长在地中间，秆上结着一大一小两个青棒子，正抽穗呢。

陪同的人说，这户人家日子过得不好，媳妇跑掉了，丢下一个五六岁的孩子，跟父亲一起过生活。种几亩地，还养了几头猪。听说还欠着笔钱，日子紧巴巴的。

正是九月末的天气，老奇台那片田野的收获已经结束。麦子在七月就收割完。麦茬地已翻了一半，又该压冬麦了。西瓜落秧。砍掉头的葵花秆，被压倒切碎，埋在地里。

几乎所有作物都缩短了生长期。田野的生机早早结束。还有一个多月的晴热天气。那株孤独的青玉米，会有足够的时间抽穗，结籽，长成果实。

在这片大地的无边收割中，有一把镰刀迟疑了，握刀的手软了一下——他绕过这株青玉米。

就像我绕过整个人世在一棵草叶下停住脚步。

这个秋天嚓嚓嚓的镰刀声在老奇台的田野上已经停息，在别处的田野上它正在继续，一直要到大雪封地，依旧青青的草和庄稼就地冻死，未及收回的庄稼埋在雪中，留给能够熬过冬天、活到雪消地开的鸟和老鼠。这都是再平常不过的事。这场可怕的大收获中，唯一迟疑的那把镰刀，或许已经苍老。它的刃锈蚀在迟疑的那一瞬间。它的光芒不再被人看见。

现在，那把镰刀就扔在院墙的破土块上，握过它的手正提着一桶猪食。他的几头猪在圈里哼哼了好一阵了。我们没有打扰他。甚至没问他一句话。

这是他再平常不过的生活了。他可怜的一点收获淹没在全村人的大丰收里。他有数的几头猪都没长大，不停地要食。他已该上学的儿子在渠沟玩泥巴，脸上、手上、前胸后背的斑斑泥土，不知要多久才能一点点脱去，或许一辈子都不会——这个孩子从泥土中走出来，是多么的遥远和不易。

但他留住的那株唯一的青玉米，已经牢牢长在一个人心里——这是二〇〇〇年秋天，我在这片村庄大地的行走中遇到的最有意义的一件事。

日子没过好的一户穷人，让一株青玉米好好地生长下去。那最后长熟的两棵棒子，或许够我吃一辈子。

但我等不到它长熟。这户人家也不会用它做口粮。他只是让它长老，赶开羊，打走一头馋嘴的牛，等它结饱籽粒，长黄叶子，金色的穗壳撒落在地，又随风飘起。那时他会走过去，三两下把棒子掰了，扔进猪圈里。

天空的大坡

一只一只的鹞鹰到达村子。

它们从天边飞来时，地上缓缓掠过翅膀的影子。在田野放牧做活儿的人，看见一个个黑影在地上移动，狗狂吠着追咬。有一些年，人很少往天上看，地上的活儿把人忙晕了。

等到人有工夫注意天上时，不断到来的翅膀已经遮住阳光。树上、墙上、烟囱上，鹰一只挨一只站着，眼睛盯着每户人家的房子，盯着每个人。

人有些慌了。村庄从来没接待过这么多鹞鹰，树枝都不够用了。鹰在每个墙头每棵树枝上留下爪印。

鹰飞走后那些压弯的树枝弹起来，翅膀一样朝天空扇动。树干嘎巴巴响。

树仿佛从那一刻起开始朝天上飞翔。它的根，朝黑黑的大地深处飞翔。

人只看见树叶一年年地飞走。一年又一年，叶子到达远方。鹰可能是人没见过的一棵远方大树上的叶子。展开翅膀的树叶回来。永远回来。没飘走的叶子在树荫下的黑土中越落越深，到达自己的根。

鹰从高远天空往下飞时，人看见了天空的大坡。

原来我们住在一座天空的大坡下。那些从高空滑落的翅膀留下一条路。

鹰到达村子时，贴着人头顶飞过。鹰落在自己柔软的影子上。鹰爪从不沾地。鹰在天上飞翔时，影子一直在地上替它找落脚处。

刘二爷说，人在地上行走时，有一个影子也在高远天空的深处移动。在那里，我们的影子看见的，是一具茫茫虚土中飘浮的劳忙身体。它一直在那里替他寻找归宿。我们被尘土中的事物拖累的头，很少能仰起来，看见它。

我们在一座天空的大坡下，停住。盖房子，生儿育女。

我们的羊永远啃不到那个坡上的青草。在被它踩虚又踏实的土里，羊看见草根深处的自己。

我们的粮食在地尽头，朝天汹涌而去。

那些粮食的影子，在天空中一茬茬地被我们的影子收割。

我们的魂最终飞到天上自己的光影中。在那里，一切早已安置停当。

鹰飞过村庄后，没有留下一片羽毛，连一点鸟粪都没留下。仿佛一个梦。人们望着空荡荡的村庄,似乎飞走的不是鹰而是自己。

从那时起村里人开始注意天空。地上的事变得不太重要了。一群远去的鹞鹰把翅膀的影子留在了人的眼睛里。留下一座天空的大坡,渐渐地,我们能看见那座坡上的粮食和花朵。

刘二爷说,可能鹰在漫长的梦游中看见了我们的村庄。看见可以落脚的树枝和墙。看见人在尘土中扑打四肢的模样,跟它们折断了翅膀一样。

他们啥时候才能飞走啊。鹰着急地想。

可能像人老梦见自己在天上飞,鹰梦见的或许总是奔跑在地上的自己,笨拙、无力,带钩的双爪沾满泥,羽毛落满草叶尘土。

这说明,我们的村庄不仅在虚土梁上,还在一群鹞鹰的梦中。

每个村庄都由它本身和上下两个村庄组成。上面的村庄在人和经过它的一群鸟的梦中。人最终带走的是一座梦中的村庄。

下面的村庄在土中,村庄被埋葬前地下的村庄就存在了。它像一个影子在深土中静候。我们在另一些梦中看见村庄在土中的景象:一间连一间,没有尽头的房子。黑暗洞穴。它在地下的日子,远长于在地上的日子。它在天上的时光,将取决于人的梦和愿望。

到村庄真正被埋葬后,天上的村庄落到地上,梦降落到地上。那时地上的一棵草半片瓦都会让我们无限念想。

我看见这个地方的生命分了三层。上层是鸟，中层是人和牲畜，下层是蚂蚁老鼠。三个层面的生命在有月光的夜晚汇聚到中层：鸟落地，老鼠出洞，牲畜和人卧躺在地。这时在最上一层的天空飞翔的是人的梦。人在梦中飘飞到最上层，死后葬入最下一层，墓穴和蚂蚁老鼠的洞穴为邻。鸟死后坠落中层。蚂蚁和老鼠死后被同类拖拉出洞，在太阳下晒干，随风卷刮到上层的天空。在老鼠的梦中整个世界是一个大老鼠洞，牲畜和人，全是给它耕种粮食的长工。在鸟的梦中最下一层的大地是一片可以飞进去自由翱翔的无垠天空。鸟在梦中一直地往下落，穿过密密麻麻的树根，穿过纵横交错的地下河流，穿过黑云般的煤层和红云般的岩石。永远没有尽头。

在金佛山
遇见自己

一

在金佛山景区入口处,他们指着对面一道山脊说,那是佛头,那是佛身。我看了看,只是山,并没有他们所说的佛。可能我佛缘浅,不能看啥都是佛。也可能眼前的山并没造化出我想象的佛相来。

其实我是不屑看那些像佛的山的。人心中有佛,佛一定生着人心的样子。那些有鼻子有眼的山形,只是像人而已。山若成佛,也未必躺成人的模样,它或立或卧,或高耸云天或逶迤千里,都再自然不过。一座像人的山却不自然了。

但我却在金佛山看见一座像我的山。

我们沿密林中的木栈道前行,金佛山似有无尽的生长力,草木长得茂盛拥挤，让人感觉透不过气来，却个个活得翠绿旺势。行到山顶风口处，眼前豁然开朗，刚才被树木遮挡的云海显露出来。风刮得正紧。是西风。我们一行人背对风，站在悬崖边上，衣服被吹得飘起来。眼前的云也正被风掀动。从这个山口吹去的每一阵风，都造出不一般的茫茫云景来。

一座铁黑色的山峰耸在无边云海中。云把其他的山都抹去了，这座孤峰露出头来。我知道在它四周，看不见的群山正积聚在云层下方。从我们刚才经过的山谷，能看见那些云层下的山，它们勾肩搭背连为一体。山与山之间有一条万物生长的路，让草色和花色延绵不绝，也让村舍阡陌相连。更高的山峰耸入云中，像是要把天顶破。我们登到山顶才知道，那些看上去高耸入云的山峰，都淹没在云中找不见了。只有这一座山峰，探身到云外。它穿透了天地间的无限空虚，已在云上端坐了。

陪同者说，那是金龟山。

此时云雾正随风翻腾，山峰时隐时现，我并没看出山的龟形来，倒是看见那峰顶酷似一个人的阔大额头，连鼻子和嘴都清晰可见。我拿手机拍了两张，拍好后看照片，竟觉得那瞬间抓拍的山形有点像我。赶紧让同伴给我拍张合影，只片刻工夫，那人形已经不在，云雾很快地修改了山峰，没被云遮住的部分，已经不再像一个人的额头。它确实像一块龟背，龟头朝北向下，像是要一跃跳下去。

山与雾，在万千变化的瞬间，雾遮去多余的部分，露出一个人的相貌来，开阔的额头，高耸的鼻子，黑铁的神情。

其实我在看见它的瞬间便心中一怔，那不是我吗？那一瞬我似乎去了山那里，早已成为一块石头，被幻化的雾再现于另一个时空。它坐南面北，头朝后倾斜，像是靠在什么地方，但后面全是雾，它靠着空空白雾，或许只有空可以让它的头靠过去，只有虚空，盛得下那颗头颅。

离开龟背石，我们沿悬空的栈道去了趟云雾深处，栈道在云层之上，头顶即是山顶，行走其上，半个身体在浮云里，轻轻飘飘，另半个身体紧依山壁，不敢丝毫脱开和山壁的联系。金佛山栈道长十几公里，一步一景，沿着峭壁可以绕过整座山。我们没有走完全程，回返时带队的女士不断朝后喊，都回来了吧。后面只有回音。人之间全是雾。说出的话也雾蒙蒙的。我们都疑惑地回望，栈道淹没在云中，刚刚穿云走去的一行人，又穿云回来。总觉得有一个人没有回来。又觉得那没有回来的人像是自己。

再次经过写有龟背石的地方，再朝浮云中的龟背石望，云雾还在不住地升腾翻滚，那山峰也不断地随雾造型。但刚刚过去的那一瞬不会再现。我在这里观看一天，或一年，龟背石都不会再幻化出一个像我的人形来。那个瞬间的我已经永远消失了。剩下的时间里，山还是山，露出云海的山脊还是像龟背，它俯身朝下，在往深渊里驮载深渊。

回来后反复看那张照片,那座云雾中的山,越加像我了。

那该是活成一座山的我。

我在人群中每一次的仰头,每一回挺直胸脯,每一刻的孤傲清高,我都活成了我的山峰。它陡峭,奇崛,独对云天。

我把这样的我藏在深山。

更多时候我匍匐在地,为草木低头,对尘埃俯首,向陪伴自己到老的岁月弯腰。

一个活成人形的我,已经平常得连衰老都跟别人一模一样了。

但我仍然会看山。每一回抬眼看山时,我的脊背都像山一样挺起来。

二

一定还有活成一棵树形的我,在这山里长了百年千年,反反复复地死去活来。某一刻我坐在树下乘凉,并不知道我正坐在自己的阴凉里。树在它的年轮中等来我。而我并没有认出它。

我靠在树干上打盹时,我的瞌睡中有它的醒。它一棵树一棵树地醒过来,去年前年,更早年月的树,都醒过来。一棵树在时间的山野里长成自己的森林。我在人世活成无数个自己。我的每一个梦每一个瞬间的想法,都分叉成另一个我。我被自己的人群淹没，又在其中恍惚地认出那个独一的自己。

多少年后，我在秋风落叶中再次经过这棵树，我不会去它身旁乘凉，天气已经很凉了，但我的目光会被一地金黄的落叶吸引。一棵树在山里落尽我一世的繁华。我又在别处虚度了谁的一生。

尽管我依旧不知道，在我成为树的时光里，一个季节已然远去。树和我，将再次错过。我回去过一个人的冬天。我的寒冷不会冻坏树的一个枝条。它在山里过树的漫长日子。它再不是我。我也不再是它。

但我的衰老里一定会有一棵树的年轮。

我朝远处的叫喊中也曾有过一棵风中大树的连天呼啸。它疯狂摇动。我拼命奔跑，喊叫。

待我走不动路，我会取它的一根树枝做拐杖。

我会躺在一棵大树里，成为自己的木头。我在人们不知道的春天里发芽。那时我的影子不再是黑色的，它不被看见地流淌成一条回忆之河，曲曲折折穿过生长着同一棵树的辽阔山野。我在那时看见自己的人群，每一刻，每一年，每一个梦中和醒来的我，聚齐在一生的荒野。

我没说出那棵树的名字，我想在此山中隐藏一棵树。它不被人唤出名字。我的名字越被人所知，它便越无名。

带我来的女子说："这棵树年年结小红果，好吃极了，但我从未吃到过一颗。"

"为什么呢?"我望着她好看的眼睛。

"这些鸟儿,盯着树上的每颗果子,红熟一颗吃掉一颗,半颗都不会留给人。"

"你明年来,它会留给你一颗。"

"那你明年再来,我还陪你上山。这些鸟儿,或许真的会吃剩下一颗呢。"

"树会多结出一颗红果,留给你。"我替那棵树做了许诺,但这个许诺分明又是我的。

我每时每刻说的话,都长成了它的繁茂枝叶,它的沙沙声响在所有的季节里。

我每年每月的沉默,都深埋成它的根系。

而我在秋天里红透果实等待的那个人,或许只是另一个我。

他已经来过。

三

还有活成一棵草药的我吧。

金佛山被称为草药库,每行一步都可与一样草药相遇。随行女士给我介绍沿途那些草药的名字,许多名字熟悉却从未见过。我小时候家里有繁体竖排版的中医书,先父留下的,我记住许多草药的名字和药性,也早早地知道了人要得的所有的病。我曾有机会去学中药，悬壶济世。但最终当了一个胡思乱想的写书人。草药的名字却一直没敢忘记，总觉得它们是一生中迟早要遇见的贵人，为我以后要得的一样病而生。我一年年地终会走到一株草身旁，它是我有毒身体的解药，我的命在它手里。

每一株茂盛生长的草药，都等候着世上的某个人。他出生，长大，生活，生病。老中医给他开的方子里，有一味药长在金佛山的阳坡，有两味生在金佛山的阴洼，另有一味只在绝壁上长，不肯被人采来熬煎。

那孤冷的药草，不屑医生老病死的俗病。

它只医人间的清高，但清高不是病。

生老病死也不是病，那是再自然不过的事情。

在我的书架上有民国版的《中华药典》，有《中国中医秘方大全》《男女科5000金方》，几乎所有的草药和对症的病，都写在医书中，我迟早要得的病也在其中。偶尔翻看，像是在找自己的病，又给病找自己的药。那么多千奇百怪的方子。同一种病，有完全不同的药方，又有几十上百种的草药可以调剂使用。似乎只需得一样病，便可尝尽世间百草。

这是一剂给周岁小儿的处方：

鸡内金5克、神曲5克、麦芽5克、山楂5克、苡仁5克、白术7.5克、山药5克、桔梗3克、茯苓5克、苍术5克、川朴3克、枳壳3克、甘草5克。

功能：消食导滞，健脾止泻。主治小儿下利不爽、大便腐臭、嗳吐酸腐等症。

每日1剂，每剂熬至150毫升，分4次服完。

若伴呕吐加半夏、藿香；阵啼加砂仁、元胡；小便黄少加车前子、木通。

十几种草药，在一起煎熬。十几种味道，熬到最后剩下一味苦。

都说良药苦口。苦口，或是草药最真实的药用，熬给人尝世间滋味的。

尝过这味苦，便没什么不甘甜了。

那苦药汤一遍遍地，经过孩子、大人和老人的口舌胃肠。

草药也是陪伴。你安好时，它长在山里，是一株草。开药味的花，结苦籽。待到体弱多病，山里山外的草都找来了，你不知道哪棵草对症你的病。医生也不知道。否则他不会抓一堆草药给你。一堆草里有一种是你的药。但它须和其他的草熬在一起。一样草携带几十样草，来陪伴你的病。一样草太孤单，一味汤太苦寒。必须是十味百味杂陈。苦熬着苦，酸甜辣也熬在苦里。这样的滋味应是人生的悲欣交集了。

一碗药汤送走的人，带着满口苦味，转世在草药里，开苦花，结不忍给鸟儿啄食的苦涩果实，把最苦根茎深埋。

还是被人刨出来。

女士指着坡地一棵独秆植物说，这是鬼独摇草。

早年我读到过这个名字，但想象不出它的样子。如今见到了，竟和医书中描述的一样：此草独茎而叶攒其端，无风自动，故曰鬼独摇草。

那棵草似乎听到有人叫，微微动了下身子。它知道自己在人世有一个名字，人唤着名字到山里找它，去治胆怯害怕的病。

鬼独摇草学名天麻。

它就长在离我几步远的地方，本想采一株回去，熬汤服了。只是动了心念。我被自己的念头吓住。仿佛内心里有一个跟随多年的我不知道的惧怕，突然在一棵疗治惧怕的药草边，显现出来。

我小时候怕鬼，晚上睡觉都拿被子蒙着头。后来有一天突然不怕了，开始四处找鬼。想知道那个让自己害怕的鬼长什么样子。

再后来，我知道鬼活在我的念头里。

人的每个念头里都住着一个鬼。那些鬼迟早会出来。

我用一个个无鬼的念头把有鬼的念头压住。或把鬼念头带到远处扔掉，自己脱身回来。但那个把鬼扔掉的远处也在自己心里。对于念头来说，多远都是一念间的事。

此时一株鬼独摇草，又让我看见自己曾经的害怕。

或是我曾经的恐惧早已投生为一株鬼独摇草，孤独的秆儿，末端举一簇花叶，摇摇欲坠，生着担惊受怕的样子，人却要拿它治惊恐病。不知道它会不会被人的惊恐吓住。

千千万万的草药长在山中,我是它们中的谁呢。

在我孤苦伶仃的前世,我一定是此山里孤傲不群的独活,不长多余的枝,不跟别的草合伙,生着不让人喜欢的味,探向高处的白色花簇,只在风中自言自语。

我在今生里忘记多少人和事,才能让那永远不会忘记的人说一句"勿忘我"。

曾经有女子说我是她的毒药。说完后她静悄悄地走了。她去找时间的解药。遗忘也是药。回想也是。我菜地的一角种有茴香,我在什么都想不起来的下午,摘一枝闻闻。它特别的香味里都是往事。

我会在世间所有的味道中,唯一尝出你的香味。我会为此忧伤。

而医治我旷世忧伤的长生草,长在金佛山云雾缠绕的峭壁上。它在雾里开花,雾里结籽。我比山高的忧伤,只有看不见的遥远星光可以疗治。

但星光不是药,它是人最需要的仰望。

就像所有的药都医治不了人的死亡。

死亡不是病,它是安息。

当我积蓄够人世的苦,就去做山洼里的黄连。我尝过黄连的叶子和根茎。在我少年时生活的河湾洼地,隐秘而孤独地生长着一丛黄连。只有少数的人知道。更多的不知苦甜地活着的人,最苦的黄连不让他们尝见。

我曾因病去看过老中医,他干枯的手指,按在我年轻有力的手腕上。他摸过的脉大多已经平息。我的脉还在堂堂跳动。他摸出我有很长的命,有的是时光去得许多的病。他留给我一册发黄的繁体字的手抄秘方,说我要得的病都在里面,方子也在里面。多少年来我一直给自己号脉,左手按住右腕,又右手按左腕。都说医者不自医。但我有无数个我。一个我生病时,无数个我在对面,他们长成山中草药,长成树,长成一座座山。

我的命在他们那里。

椰落

椰树不是树,是大草。十年前我第一次来海南时,一位朋友告诉我。我也一直把椰树当草。相信这里的雨水和阳光,会让一棵草疯长成树一样。

她确实像草,独独一个秆,不分叉。长着草的脸和腰身,一丛一丛,树干是实的,却没有木质。我仔细看过一根腐朽的椰木桩,锯开的断面纹理清晰,年轮间多余的东西朽去,剩下一圈一圈的树皮。她从里到外都是皮,一层层紧卷起来,没有木心,心也是皮。这个奇怪植物,把自己的皮一层层卷成内心,皮的皱褶在里面熨平,纹路理顺。然后,就放心去生去死。死了也闲不住,做梁做柱,结结实实让人用几年、几十年。然后呢,她的心变虚,但还没完,人把树皮剥开,里面是一卷崭新麻布,一层层叠得好好的,剥开一层,下一层更新更细密,剥到最后,剩一溜布丝儿。

在海边宾馆的椰林里，我看见一棵年老的椰木，歪斜身体，靠在另一棵年轻椰树上，她本会倒下去慢慢朽掉的，却被拦腰扶住，扶她的椰木显然不够强壮，受不住，压歪身体。我不知道她能支撑多久。我坐树下仰脸看。一棵老年椰木，靠在一棵年轻椰木上，年轻的走不开，或许她有腿也不会走开，她强撑着。我不知该咋办，看见一棵椰树的累，也帮不上忙。

椰树跟我见过的所有树都不一样，她活简单了，几片粗糙叶子长在头顶，显眼的几颗果挂在脖颈。像个往天上背水的人。她的水葫芦紧封密闭，高高举起，不让人触及。一年一趟，她把水背往高处。仿佛她的家在天上。又仿佛她将天上的水背回人间，她个子高，弯不了身，得人从她怀里取。我见过爬树收椰子的妇女，瘦丽如椰，几下爬到树梢上，拿弯镰咔嚓一下，椰子落下来。我听见椰子落地的声音，像一个孩子从树上跳下来。

那晚在宾馆睡至半夜，听见窗外腾的一声，接着又是腾腾几声，我知道落椰了。当地人讲，椰子在人入睡的夜里落，在人离开的空林子里落，从不伤人。

我起身站在二楼阳台看，外面密密的椰林与阳台齐平，树梢高矮起伏地铺展成一片朦胧山地，仿佛我一迈脚就能走上去。在我小时候的梦中，我夜夜在树梢上行走，从一棵树梢走到另一棵，鸟都睡着了，我不踩落一片叶子便走出很远，低头看树枝下的屋顶和路，看见月光在地上一层层种树，每棵树都有两棵，一棵站着，一棵躺着。

晚间我从林中走回时，脚下铺满一棵一棵椰树的影子，那时我突然预感到，今夜或许会有梦了，梦里树的影子站起来，大片椰林的影子站起来。踩着树影回家的人，会获得一个在树梢上悠然行走的梦。

回到床上我又听见腾腾的落椰声，连成一片，由近而远，在落椰声的尽头，是海涌。

大清早，我到昨晚听见落椰声的林子捡椰子，一个也没有，椰子都挂树上，一颗未落。

那些椰落的声音呢？若我在这里久住下去，会听到所有椰子落地。或许不会，据说这里生活的许多人，都没看见椰子坠落。也没听见过。可是这个夜晚，椰子在一个外乡人的梦中，无边无际地落了，那些声音传到海里又回来。

我在一排椰树影子的末梢站住，在这里能看见宾馆二楼阳台。昨晚会不会有人站在这里看我呢。我突然对着那房间喊了声我的名字。在我多少年后的梦里，我会听见我的喊声，我会回到这片椰林，看见椰树的影子全站起来，落椰的声音站起来，我对着那空房间的呼喊被自己听见。曾经踩着树影走来的一个人，踏着月光里的平展树梢轻轻走远。在那里我会遇见往天上背水的人，或将天上的水背回人间。我跟她们同路。我会帮她背一个。

在我所有的饥渴里，有一场渴留给椰子。

斯古拉

一

　　这一天的时光是给斯古拉的。所有向上的路走向斯古拉，每一双眼睛都朝她仰望。

　　我相信仰望可以像云一样寄存在天上。千百年里人们对她的仰望，一层层地，在山上又堆出看不见的一座山。后来人们所望的，只是前人日渐堆高的敬仰。

　　我相信所有仰望的目光都会回来。

　　这一天，我看见千百年里人们朝她望去的目光再返回来，从银白的雪峰、从云朵、从阳光透彻的虚空中，那些目光回望过来。

　　我迎着她在望。

　　这一天我们被一座银白雪山的回光照亮。

那些马蹄和人的脚，踩在往日的蹄印脚印上。仿佛我是无知时间里的重来者，仿佛初次望见她的惊喜里包含着不知道的无数次。

那些满含眼泪的仰望。比天空还空的仰望。像看见自己逝去亲人的仰望。什么都看不见被孙女搀扶着上山的盲人阿妈的仰望。跪拜的人群后面羊的仰望、马和牦牛的仰望，都寄放到她头顶的天空了。

谁都不说他们望什么。谁都不告诉谁望见什么。小孩见大人望就跟着望。牛羊见人仰望也跟着望。我见所有人在仰望也跟着望。在这个永远不需要问什么的仰望里，我清楚地认出自己，和这座大山里跟我一样的陌生熟人。

二

这一年年的时间都是给斯古拉的。山脚下叫长坪的藏人村庄，叫四姑娘山的小镇，都为她忙碌。

赞增说他的马就是为斯古拉买的，以前他在外打工，当厨师。几年前回到村里，买了这匹马，往山上接送游人。

来看斯古拉的人越来越多。早先只是当地藏人祭拜斯古拉。每年端午节的前两天，是属于斯古拉的。这一天，人们把所有的活儿停下，大人、老人、小孩，远处近处的人，聚拢在一起，都往山上走。牦牛和羊也往山上走，它们供祭祀用，只有上山的路，没有返途。

赞增居住的长坪村，上千口人和三千匹马，都为斯古拉干活儿，把游人驮上山又驮下来。他们卖马的力气挣钱。

赞增一家五口人，夫妻俩、两个孩子和岳母，妻子在县上照顾大孩子上学，岳母在家里照顾小孩子，一家人所用全靠他的马挣钱。

家里养了三头牦牛，跟邻家的牦牛一起放在山沟里，闲了去看看，不会跑远。人去山里看牦牛时，会带点盐，牦牛爱吃盐。主人给牦牛喂盐的地方，就成了他们的约会点。还养了几只羊。它们中的几个，是每年供祭给斯古拉的。

路边时有倒伏的巨大松树，我原以为是树老了自己跌倒的，赞增说是地震震倒的。

"那个大石头也是。"他指着一块小山似的巨石，上面刻有"地震落石"。

赞增说，"5·12"汶川地震那天，他在斯古拉对面的山上采虫草。整个山轰隆隆巨响，像要垮塌下来，山上的巨石往下滚落。赞增说他从来没有经过这样的事情，还以为采虫草得罪了斯古拉，手里的虫草赶紧扔掉，双手紧紧抓住树干。

"一棵大松树轰隆隆摔倒，砸在石头上。石头也从头顶滚下来。我吓得蹲在地上。那个时候，不知道抓住什么可靠。抱住石头，石头往下滚。抱住树，树在倒。"

赞增就在那时看见对面的斯古拉，她摇晃着，双臂伸开，像在跳藏族舞。只跳了几步，突然停住。她一停住，所有的山和树，都停住不动了。

马道在松林间的乱石中穿行，松树高大蔽日，随处可见的倒伏的大树，在沟壑间横架成桥，像要渡什么过去。

步行和骑马的人混杂一起，人像矮树桩，直直斜斜插满山路，都面朝上，脖子伸长，走一截停下缓口气，这里空气本来稀薄，上山的人一多，就更不够用。

三

斯古拉脚下的简易客栈，歇息疲乏的人和马。炉火在这里也有气无力，烧不开一壶水，煮不熟半锅面条。

多数人走到这里原路返回，多数人没有往高处走的时间和气力。

一些人走向海拔更高的下一个营地。我们斜躺在草坡，看步行和骑马的人，拐一个弯消失在山谷。在下一个营地，炉火的力气只能把水烧开到不烫手的温度。马匹全在那里停住，再往上的路是人的，那些陡峭山岩上没有马的落脚处。

还有人往更高处走，走到他们在来路上远远看见的半山腰，站在那里望一路经过的村庄城镇，望游丝一样隐约在山谷林间的路，望朝着斯古拉涌来的人和车辆。

极少数的人攀到峰顶，用剩下的半口气支起沉重的身体，在凛冽寒风吹起的雪片里，面如雕塑，朝下望他们活过的人世，望丢在那里的忧伤和痛苦。据说攀到顶峰的人会莫名地忧伤，无论一个人或几个人，寒冷把表情冻住，不费力气地忧伤，跟在一口口费劲的呼吸后面。没有忧伤人会断气。

更多时候攀顶的人被罩在云里，什么都看不见。他们出发时山顶晴朗，爬到山腰看见一团团的云飘过头顶，云是斯古拉掀开又披上的白头巾，山有心事，云便汇聚。聚多了下一场雪。阿坝的群山下雨时，斯古拉顶上在飘雪。

每年都有攀登者坠落。山风大，风推着雪和人往上。上山时人抱着一座山，人是山的孩子。下山时人抱不动自己这块石头了。坠落的都是下山的人。人要下山，还有一个东西比人更着急下山，那是人的忧伤，它跟在后面，像一个雪球越滚越大。

四

回返时我租了赞增的铁青马。我和赞增是熟人了，上山时我随他走了一大段路，听他讲了许多斯古拉的事。我知道他的马刚驮一个红衣女子上山，又要驮我下去，不知道马的力气够不够。

赞增说："下山不用劲。"

步行上山耗了两个多小时，几乎把一天的劲用完，在半山腰的营地吃了一碗没煮熟的汤面，又回来一些力气。本打算走下山的，马队和泥泞的马道吸引了我。上山的路上，我们几次与马道并行又错开而去,有一大段马道在河对面,能看见骑马人穿行于森林中,听到人吆马的声音,马蹄的声音被静静的流水声挡住。那时我就想,我回来的路一定在河的那边。

和赞增说骑马下山的价钱,他要两百块,我觉得贵,想还价,扭头看见铁青马微眯的眼睛,就觉得张不了口,两个人在马跟前讨骑马的价钱,多不好意思。

赞增说:"养马的费用高呢,每年给马买草,买加料,就得四五千块。"

赞增说话时手抚着马脖子,马直立的耳朵就在他嘴边,我觉得他是说给马听的。

"有这么多吗?"

我本来不想知道马能花多少钱,听主人说这么大一个数字,就好奇,像要替马问清楚它一年的花费。

赞增说的加料,是给马喂苞谷,赞增家里几亩地,种的青稞刚够家人吃,马吃的苞谷都要到粮食店买。

我和赞增算马的费用,一年下来,竟也消费七八千块,从这个方面一想,马驮人干活儿也是给自己挣钱,它得现把自己的草料钱挣回来。

赞增说:"我每天上下跑两三趟,只收个马的钱。自己来回牵马,都没算钱。"

我把缰绳从赞增手里要过来,自己翻身上马,赞增看出来我是骑马的行家,也就不牵马了,他走在旁边干燥的人道上,马道在泥泞的石头里。

一位牵白马的藏族女人赶上来，跟赞增笑笑，牙齿跟雪一样白。

"怎么没驮人？"赞增问。

"上来的时候驮人了，下去跑虚趟子了。"

我看着牵马走在前面的女主人，看着马背上的空鞍子，看着往下走的人，心里空落落的，像是把什么丢在山上了。

走到山弯处我回过头，斯古拉孤独地竖立在天上，跟我上山时看见的一样，那么突然，仿佛天空对她的出现毫无准备。一路上我跟赞增说话，忍住没有回头看。但我分明感到她的光芒，照在我的脊背和头发稀疏的后脑勺上。我在她的注视里缓缓走远。

我想走到她看不见我的地方，再回过头来看她。

那时我看见的，就是我一个人的斯古拉了。

五

其实我只看了她一眼。

山路一转，她突然悬浮在半空，完全不像这座山里的山。别的山翠绿，长松树长草，开花结果，她周身银白，不参与生长和凋谢的事。别的山蜿蜒起伏，她陡然而立。一尊纯银的锐利山峰，亭亭玉立在群山之上，跟这个世界脱离得干干净净。

那一刻所有目光都被她吸引。仿佛我去年前年没遇见她时的目光也在朝她仰望。

他们叫她女神。我看见的是千百年里人们积攒在那里的眼神。我久久久久的注视也积攒在那里。

以后的时间里是她在看我。

我在她的目光里来了又走，她不知道我回到世间的哪个角落去过生活，我在别处沉默和微笑她看不见，我从这个世界消失了她也不会知道。但是，我会因为她而仰起头，她的陡峭让我在某个瞬间挺直腰。我会想着她而忧伤。我的忧伤不费力气。也不危险。

我从没想过去攀上她的峰顶。我的力气或许只够我在世间度日。我喜欢在一条小山沟里，目送日落日出。在那里，我的炉火有足够的力气烧开水，煮熟米面。

可是，当我回到远处，我在她山脚下吃的那顿半生不熟的面条还在胃里。我仿佛还在奔赴她的人群马队中，永远都不走近，只是步行到山下，仰头看她，看我寄存在那里的目光，和太阳照暖的云朵，和星星月亮，和所有的仰望聚合在一起。

我这样想着她的时候，什么都耽误不了。就像马夫赞增把一年的活儿干完，到每年端午节前，属于斯古拉的这一天，把所有的事情放下，把马缰绳放开，带着家人步行上山，在正对着她的山顶，煨松烟，磕长头，把一年的平安、一生的心愿默默倾诉给她。

或许我已错过的每年的这一天，在云朵上积攒成完整的一年。那是我留给她的整整一年。当我在世间的时光不够用时，我就来她的永恒里续命，用她的时间做更长久的事。我会看见四季围着她轮回，而她在唯一不动的季节里。

我会在她的黄昏里，一山山地看落日。我不知道她的太阳落到哪里。四周都是山。每座山都带来不一样的黑夜。斯古拉在她自己的高高白天里，在那里，落得再远的太阳都在她的地平线上，我沉入黑夜的梦也在她的默默注视里。

长成一棵
大槐树

  崇信县最老的大槐树，立于山间台地的打麦场上，孤独一棵，据说三千二百岁了。麦场下方是关河村，名字同槐树一样古老。四周一块一块的山洼里长着麦子。想必关河村人，牵驴赶牛拉着石磙子，在槐树下一圈圈地打了几千年麦子，到如今，还在为那些麦子操劳不息。

  崇信山多地少，养人不易。活下来的古树却不少。我们看到的另一棵大槐，长在一方小寺庙里，只剩下半面树皮。看守寺院的老者说，他小时候树还完整，只是里面空了，空心树洞里摆一小方桌，常有人围坐打牌喝酒。后来大半面树干都朽了，剩下的一面树皮支撑起巨大树冠，茂盛地活着。据说这棵树也三千岁了。

  另外两棵夫妻大槐，长在一户人家院子里。去年春天，家里老父亲爬上那棵妻树摘槐花，掉下来摔死。儿子把父亲的死赖给这棵树，就把它两万块钱卖给一个陕西人。那些人当着夫树的面，把妻树的大小枝干都锯了，剩下一个秃秃的树鼓墩，用挖掘机连根刨出来拉走。留下的夫树变成独木，活得也不似以前旺势。可能挖一棵伤了另一棵的根。可能这棵看着身边少了陪伴千年的那棵，伤心了，不想好好活。

关河村的这棵大槐也险些被锯了。传闻说几年前有两人在树干上拉开大锯，想伐了它卖钱，锯进去一米深，锯口不住地往外流血，而且，锯开的口子一会儿就原长住，这把伐树的人吓坏了，连忙跪下给树磕几个头跑了。

我在大槐树下走了几圈，没看见那个锯开又长住的口子，树把人对它的伤害长进年轮里了。我仔细地看这棵大槐的每个枝干，它们有的东斜，有的西歪，有的枝好端端地，突然中途一拐，改变了方向。我知道它为啥长成这样。我会看树。一枝一杈地看上去，它所受的风雨寒暑、生老蹉跎，都长在树上，历历在目。

关河村大槐有六个主枝，绕主干四周。其中三个主枝朝上，一个向东南，一个向西南，另一枝往北，构成树的大形。大槐的南面设有祭祀台，供人焚香祭拜。南面向阳，是树的正面，所有叶子阳面朝南，绿光闪闪。树和人一样是站立生物，有脸面，有前后左右。

大槐朝天的三个主枝交错向上，把树的高度拔向云端。这是树的朝天枝，占得树头，独领阳光风雨，也容易遭受雷电袭击。我在西北常看到断头树，都是风摧雪压所致。树高天砍头。对于树木来说，长太高并非好事。西北干旱，遇到一个雨水多的年成，树木会无节制地生长，往高蹿，生出繁枝茂叶，树身难承其重，一旦遭风摇雪压，断头折干便再自然不过。树的朝天枝受惠于天，也最受天罚。据说崇信关河村大槐从未遭过雷击，原因是四周的山峰替它避了雷电。我想，树的节制生长也是原因。大槐的朝天枝看上去并不招摇，没有过分长高，给树惹麻烦。整个槐树高二十六米，十层楼房的高度，但南北宽三十八米，宽度胜过了高度，使它在山间一洼台地上，只显大，却不显高。这是树的聪明，它能活到天寿之龄，肯定是每个枝都活明白了，知道该怎么长。

大槐向东南的主枝，是树的迎日枝，由一个主枝生发为三，两枝朝上追高，一枝斜逸向东，脱离树冠数丈，像树伸出的长长左臂，其枝干所指，必是每日的日出之地。住在村里的人会知道，每天早晨的太阳，从他家柴垛后面升起。迎日枝在漫长的黑夜里也不会长歪，它的枝准确地迎向日出。那是只属于这棵树的太阳，第一缕曙光，被伸到最远的树叶接住，迎到树上，迎到大槐下的关河村。每年春天，树东边的枝头先绿，先长出叶子。在阳光普照的大地上，其实每一棵树，都单独地迎接太阳，长成了自己的模样。

长在大槐西南的送日枝，到下午才会被太阳完全照亮。这时候，东边迎日枝的一半，已陷入阴影。关河村的夕照短，它西边是高山，使树和住在这里的人，都只有半个下午的阳光。大槐的送日枝，也顺了太阳的走势，枝干西斜朝上，指向的正是每天日落的山脊。我在大槐树下正赶上关山落日，眼看夕阳独自走远，自己伫立树下，忽有种两相远别的孤独。但头顶壮大的送日枝，又让我感到落日不孤。我沿那棵倾身向日的树枝望去，就要落入山后的夕阳，正好卡在远山的一处缺口里，不舍地多照了大槐树一会儿。这每天多照的一会儿，在三千多年里，已经积累成年。我也在这依依不舍的夕照里，看着大槐朝西的叶子，一层层地黑向树梢，直到送日枝端指的山口，剩下黯淡霞光，树身才全黑下来。

大槐最长的一个主枝，长在北边，是树的背阴枝，常年在树冠的阴影里。背阴枝因为前后左右都被别的枝遮挡，它只有往远处长，一直把枝干伸到树冠外的阳光里。所以，背阴枝也长得最长。这也使关河村大槐树东西窄，南北长，树冠呈扁圆形。

让大槐树长扁的还有风。崇信所属的平凉地区秋冬季为西北风，春夏季多为东南风或东风，一年中风多从东西两面吹，树自然被风吹扁，形成南北宽，东西窄。我在西北看到的大树，也多是扁的。整个秋冬季漫长寒冷的西北风，把树迎风面的皮，吹得光滑坚硬。那些风一年年地吹进树干，吹扁树的一圈圈年轮。把树吹成扁模样。西北多独木，有叫"一棵树""两棵树""三棵树"这样的地名，不会多过三棵。独长的树多是扁的，有迎风面。这样的树木，因为木质不均匀，容易走形，也属无用之才。用木料的人，能从木头截面，看出是不是迎风独木，木匠做活儿，都选用林中树，树在林中，相互遮挡风雨阳光，也就不像独长的树有迎风背风面，它的木质也便均匀。讲究的木匠也是不伐用独木的。独木命硬，人消受不起。

一棵树独自长大，并不是其他树被砍了，剩下一棵。是因为这方水土，只够长一棵树，多一棵都活不了。像关河村大槐，方圆几公里，独独一棵。这样的大槐，能活下来，已经是奇迹。竟然活了三千多岁，更是让人难以相信。崇信塬高土厚，属半干旱地区，还算不薄的降雨量，勉强维系庄稼和草木生长。土豆麦子苞谷，降几场透雨，就有收成了。草比庄稼耐活，再旱的天，根不死，种子留着，一场雨又活过来。树不一样。小树靠天，大树靠地。类似果树这样的小树木，因为根系浅，靠天上的雨水便能活下去。但关河村这棵大槐树，是不能指望雨水活命的，它茂密的树叶和枝干，足以把一场大雨在半空里接住，落不到根部。那它靠什么活命呢？

我一路上多次看到施工破开的土塬断面，从断面上露出的树根草根，能清楚地看见树木在土里的生活。土塬上层一两米到三四米，是雨水蓄积的地表湿土层，几乎所有植物的根，都扎在这层。草根浅，树根深。草有一点降雨便能活，树却需要更多水分才能长大。在湿土层下面，是厚厚的干土层，所有草木的根须伸到这里停住。这一层的土是生土，也叫死土，缺少植物所需的养分。干土层再往下，是和地下水层接上的湿土层或湿沙石层。在雨水充沛的地方，地上湿土层一直连接地下水层，植物的根可以扎得深远，每一棵小苗都有可能长成大树。而在干旱西北，干土层厚达数十米上百米，地上的那点雨水，永远不可能润透它，那是植物无法逾越的绝地。这也是西北许多地方不适合大面积植树的原因。

那些人为栽植的树木，永远无法自活，要靠人去引水养活。树越大，耗水越多，直到人养不起。

关河村大槐树长在半山腰的台地上，我看它的枝干，便知道它地下根须的走向，那些深扎土中的根，也基本上长成树冠的样子，这条朝东的粗壮横枝下面，对应着同样粗壮的一条大根，那是它地下的影子，根往哪伸，枝往哪展，树根在地下的暗处，给看似明处的树枝指引着方向。我知道这些向下伸去的大树根，一定穿过了其他树木无法扎透的厚土，在更深处哗哗的水声里，让一棵槐树活出了三千年的茂盛繁荣。那是要靠一条地下河流才能养活的大树啊。

树倒了

一、砍树

"嚓、嚓"的砍树声劈进人的脑子里。斧头在砍村里的一棵树,砍树声在劈人脑子里的一棵树。被砍的杨树有一百多岁了。一百多岁就是活老三代人的年月。老额什丁当村长的时候,这棵树中间就死掉了,只有树皮在活,死掉的树心一点点变空,里面能钻进去孩子。过了好些年,亚生当村长那时,杨树的一半死了,一半还活着。再过了些年,石油卡车开进村子,村边荒野上打出石油,杨树的另一半也死了。死了的杨树还长在那里,冬天和别的树一样,秃秃的。春天就区别开来。

为啥死树一直没砍掉?因为这棵树和买买提的名字连在一起。阿不旦村五百三十一口人,有七十三个买买提。怎么区别呢？只有给每个买买提起一个外号。大杨树底下的买买提就叫大杨树买买提。住在大渠边的买买提叫大渠买买提。家里有骡子的叫骡子买买提。没洋岗子的买买提叫光棍买买提，后来又娶了洋岗子就叫以前的光棍买买提。老早前有一个买买提去过一趟乌鲁木齐，回来老说乌鲁木齐的事，大家就把他叫乌鲁木齐买买提。

老杨树刚死时就有人要砍，村长亚生没同意。

"那不仅是一棵树，它和一个人的名字连在一起。只要杨树买买提活着，这棵树就不能动。"

前年杨树买买提死了，活了七十七岁。

杨树买买提的儿子艾肯找到亚生村长，要砍这棵树。

"你父亲才死，你就等不及，要把和他老人家名字连在一起的树砍掉。"

"我怕被别人砍了，树长在我们家门前，又和我爸爸名字连在一起，我们想要这棵树。"

"那你也要等两年，好让你父亲在那边住安稳了。砍树声会把他老人家吵醒的。"

今年杨树买买提的儿子又找村长。

村长说："树是公家的，要作个价。"

"那你作价吧。"

"树干空了，但做驴槽是最好的，上面两个支干可以当椽子，就定两根椽子的价，四十块钱吧。"

"有一个支干不直，一个长得不匀称，小头细细的，当不成椽子，顶多搭个驴圈棚。"

"这么大一棵树，砍倒三个驴车拉不走，卖柴火都卖八十块钱，我看在你是大杨树买买提的儿子，就算了半价，你赶快把钱交了去砍吧，别人知道了，一百块钱都有人要。"

杨树买买提的大儿子艾肯带着自己的儿子开始砍树。父子俩，一个五十岁，一个二十五岁。两个人年龄加起来，是大杨树年龄的一半。站在杨树下，像树不经意长出的两个小木疙瘩。

砍树的声音把半村庄人招来了。

这是村里长得最老的一棵杨树，年龄不算最大，村里好多桑树、杏树，都比它年龄大得多，都活得好好的，每年结桑子结杏子。杨树啥都不结，每年长叶子落叶子，它的命到了。一棵死树看上去比所有树都老。它活着的时候，年龄没有别的树大，它一死，就是最大最老的，它都老死了，谁能比过它。

砍树的斧头是借库半家的钢板斧，那是村里最厉害的一把斧头，用卡车防震钢板打的，一拃半宽的刃，两拃长的斧背。遇到砍大树的活儿，树太粗下不了锯，都得请出这把斧头来。村里好多大树都是这把斧头放倒的。不白用，还斧头时，顺便带一截木头梢，算是礼节，就像借用了人家的驴，还回去时驴背上搭一捆青草。

除了斧头，还借来老乌普家的绳子，砍之前，艾肯把绳子一头拴在儿子的腰上，儿子爬到树半腰，快到有鸟窝的地方，把绳子绑到树上。

阿不旦村有三件厉害东西，一下用了两件。三件厉害东西除了库半家的斧头、老乌普家的绳子，还有会计家的锅。

老乌普家的绳子有几十米长，胳膊粗。据乌普自己说，是从一辆卡车上掉下来的。怎么掉下来的呢？老乌普说，他们家房后的马路上有一块黑石头，一天卡车过去的时候颠了一下，一堆绳子掉下来。有人说公路上的黑石头是乌普自己放的，石头和路一个颜色，汽车不注意，乌普天天坐在后墙根，看路上过汽车。多少年来那块石头帮他从汽车上颠下好多好东西，绳子只是其中一个。老乌普把绳子割了一大半，拿到巴扎上卖了，剩下的三十米还是村里最长最结实的。驴车拉一般的东西时，根本用不上它，只有四轮拖拉机拉麦捆子，拉干草和苞谷秆时，能用上。乌普家没有拖拉机，那些有拖拉机的人家都没有这么长的绳子，就借乌普家的。绳子还回来时，乌普把绳子重新盘一次，盘够三十圈，打个结，挂到里屋房梁上。

会计家的大锅是大集体时给全村人做饭用的，包产到户分集体财产，铁锅作了一只羊的价，会计少要了一只羊，把大铁锅搬回家。到现在，他的大铁锅不知把多少只羊挣了回来，村里谁家结婚、割礼、丧葬，都会用他的大铁锅做抓饭，用完还锅时，最少也会端一盘子抓饭，上面摆几块好肉。好几十公斤的铁锅，将来用坏了，卖废铁也是不少一笔钱。

大铁锅配有两个铁锨一样的大锅铲，是铁匠吐迪早年打制的，做抓饭时一边站一人，用大锅铲翻里面的米和肉。

杨树买买提不在时，家里人就用这口大铁锅做的抓饭，一只大肥羊，八十公斤大米，一百公斤胡萝卜，四十公斤皮牙子，十公斤清油，锅还没装满，已经让全村人吃饱了。

二、树爷爷

砍树的声音把艾肯的儿子吓住了，每砍一斧头，都像一个老人叫唤一声。儿子不敢砍了。他听到爷爷病死前的哎哟声，那个从爷爷苍老空洞的肺腔里发出的声音，跟斧头落下时杨树的叫声一模一样。爷爷就是这样哎哟吭哧地叫唤了五天五夜，死掉了。

"我们不砍了吧，砍倒也没啥用处。让它长着去吧。"儿子说。

"我们钱都交了。"父亲艾肯说。

半村人围到大杨树旁，帮忙砍的人也多，那些年轻人、中年人，都想挽了袖子露两下。尤其用的是库半家的大板斧，好多人没机会摸它呢。砍树变成抢斧头表演，等到人们都过完砍树的瘾，剩下的就是父子俩的活儿了。

几个老头坐在墙根远远看，看见自己的孩子围过去，喊过来骂一顿，撵回去。老人说，老树不能动，树过了一百年，死活都成精了。和爷爷一起长大的树，都是树爷爷。杨树六年成椽子，二十年当檩子，杨树就这两个用处。锯成板子做家具不行，不结实，会走形。过三十年四十年，杨树里面就空了。一棵爷爷栽的杨树，父亲没砍，孙子就不再动了。父亲在儿子出生后，给他栽一些树，长到二十几岁结婚时，刚好做檩子，盖新房，娶媳妇。父亲栽的树儿子不会全用完，留下一两棵，长到孙子长大。一棵树要长到足够大，就一直长下去，长到老死。死了也一样长着，给鸟落脚、筑窝。砍倒只能当烧柴。或者扔到墙根，没人管朽掉。还不如让树长着，长着也不占地方。

三、树耳

大杨树五十岁时，树心朽了，那时杨树就不想活了。一棵树心死了是什么滋味，人哪能知道，树从最里面的年轮一圈一圈往外朽、坏死。朽掉的木渣被蚂蚁搬出来，冬天风刮进树心里，透心寒。玩耍的孩子钻进树心，让空心越来越大。树一开始心疼自己朽掉的树心，后来朽得没心了，不知道心疼了。树也不想死和活的事。树活不好也没办法死，树不会走，不像人，不想活了走到河边跳进去，树在一百年里见过多少跳河的人，树也记不清。跳河的多半是男人，女人不想活了也不敢跳河，河里水急，人下去就找不见。女人寻短见的方式是跳井。大杨树旁边的院子就有一口井，树走不过去，走过去也跳不进去，跳进去也淹不死。树也不能走到公路上让车碰死。车疯跑过来碰过树，开车的人死了，树没死，碰掉一块皮。树也没法喝农药把自己药死。这些年跳河跳井的人少了，上吊的人也少了，喝农药死的人多起来。好多喝农药死的人最后都后悔了，因为农药的味道像饮料一样好喝，喝下去才知道有多难受。树上也打过农药，药死的全是虫子。多半虫子是树喜欢的，离不开的，都药死了。树闭住眼睛，半死不活地又过了几十年，有些年长没长叶子，树都忘了。

早年树上有鸟窝。住着两只黑鸟。叫声失惊倒怪的，啊啊地叫，像很夸张的诗人。树在鸟的啊啊声里长个子、生叶子，后来树停住生长了，只是活着，高处的树梢死了，有的树枝也死了，没死的树枝勉强长些叶子，不到秋天早早落光。鸟看树不行了，也早早搬家。鸟知道树一死，人就会砍倒树。

树上蚂蚁比以前多了，蚂蚁排着队，爬到树梢，翻过去，又从另一边回来。蚂蚁在树干上练习队形。蚂蚁不需要找食吃，树就是蚂蚁的食物。蚂蚁把朽了的树心吃了，耐心等着树干朽掉。蚂蚁从朽死的树根钻到地下，又从朽空的树干钻到半空中。

鸟落在树上吃蚂蚁。蚂蚁不害怕，鸟站在蚂蚁的长队旁，拣肥大的蚂蚁吃，一口叼一个，有时一口两个三个。蚂蚁管都不管，队形不乱，一个被叼走，下一个马上补上，蚂蚁知道鸟吃不光自己，蚂蚁的队伍长着呢，从树根到树梢，又从树梢连到树根，川流不息。

大杨树有三条主根，朝南的一条先死了。朝北的一条跟着死了。剩下朝西的一条根。那时候树干的多一半已经枯死，剩余的勉强活了两年也死了。朝西的树根不知道外面的树干死了。树干也不知道自己死了，还像以前一样站着，它浑身都是开裂的耳朵，却没有一只眼睛。它看不见。

　　有几个夏天，它听到头顶周围的树叶声，以为是自己的叶子在响。它要有一只眼睛，朝上看一下，也知道自己死了。可是，它没有眼睛，所有开裂的口子都变成耳朵。它是一棵闭住眼睛倾听的树。一百年来村里的所有声音它都听见了，却没有听到自己的死亡。树的死亡没有声音。人死了有声音。亲人在哭，人死前自己也哭。树下的杨树买买提临死前就经常在夜里哭，哭声只有大白杨树听见。哭是这个人最后能做的一点事情，他放开在哭，眼泪敞开流，泪哭干，嗓子哭哑的时候，气断了，眼睛知道气断了，惊愕地瞪了一下，闭上了。树听到那个人闭眼睛的声音，房顶塌下来一样。

　　树的耳朵里村子的声音一点没少，它一直以为自己还活着。直到斧头砍在身上，它的根和枝干都发出空洞的回声，树才知道自己死了，啥时候死的它不知道。树埋怨自己浑身的耳朵，一棵树长这么多耳朵有啥用，连自己的死亡都听不见。

四、斧头

　　长到能当椽子时，树就感到命到头了。好多和自己一起长大的树，都被砍了，树天天等着挨斧头。树长到胳膊粗那年挨过一次斧头。那是一个刮风的夜晚，有人朝它的根上砍了一斧头，可能天黑，砍偏了，只有斧刃的斜尖砍进树干，树哎哟一声，砍树的人停住了，手在树干上下摸了摸，又在旁边的树上摸了一阵，几十斧头把旁边一棵树放倒，枝叶和树梢砍掉，扛着一截木头走了。

从那时起树就心惊胆战地活着。长到檩子粗那年，村里盖库房，要选三棵能当檩条的树，几个人扛着斧头在林带里转，这棵树瞅瞅，那棵树上摸摸。开始砍了，杨树听见不远处一棵树被砍倒，接着砍挨着自己的一棵，那棵树朝自己倒过来，杨树把它抱在怀里，没抱牢，树朝一边倒过去，杨树的几个枝被它拉断。接着一个人提着斧头上下端详自己，头仰得高高的，就在这时，一只鸟落到树梢，拉下一滴鸟屎，正好落在那人眼中。那人揉着眼睛转了几圈，觉得倒霉，提起斧头走向另一棵树。

躲过这一劫，树知道自己又能活些年月。树长过当橼子的程度，就只有往檩子奔了。不然二不跨五，当橼子粗当檩子细，啥材都不成。从橼子长到檩子，十几年。这期间村里好多树砍了，树天天等着人来砍它。它旁边的一棵砍倒了，就要轮到它了，不知怎么没人砍了。那一茬杨树里，它独独活下了。树记得它长到檩子粗时，树下人家的主人被人叫了大杨树买买提。自己有幸活下来，是否跟这个人有关系呢？

树不害怕死是在树长空心以后。树觉得死就在树的身体里，跟树在一起。树像抱一个孩子一样，把死亡的树心包裹着。

后来死亡越来越大，包不住了，死亡把树干撑开，蚂蚁进来了，虫子进来了，风刮进来雨淋进来。树中间变成一个空洞。死亡朝更高的树心走，走到一个断茬处，和天空走通了，那时树只剩一半活着。活着的一半，抱着死了的一半。活着的树皮每年都向死去的半个枯树干上包裹，就像母亲把衣服向怀里的孩子身上包裹。

这时树听到地下的凿空声。

大杨树朝东的主根先感到了地的震动，听到地下的挖掘声，接着朝北的主根也听到了，它们屏住气听着。下面的挖掘声让树害怕。根感到地下不稳了，东边的末梢根须感到震动就在不远处，好像几个很大的动物在打洞，听到一条凿空的洞，从树根斜下方穿过去。

树一直以为地下是安全的，树长多高，根伸多长。根是树投在地下的影子。树是根做在地上的一个梦。根能看见枝干的样子，根朝南伸展的时候，上面的一个枝也向南生长，树的样子是根设计出来的。风也改变树的样子。风把树刮歪时，根知不知道树歪了？也许不知道。人砍掉一个枝杈根肯定感到疼痛。根以为只要自己在地下扎稳了，树就没事。多少树根在地下扎稳时，树被人砍了，根留在土里。树听到根下的挖掘声时，树恐惧了。

树知道自己死去的时候，心里的所有东西，一下全放下了。

他们砍它时它数着砍伐的声音，数着数着睡着了，倏忽又醒来，未及睁眼，又滑入另一个梦里。这个更加漫长的梦里它的名字是木头，舒舒展展地躺在地上，像一个活儿干完的人。木头的耳朵比树多了好多倍，它依旧只会听，看不见。它听到的东西比以前更多更仔细。

五、树倒了

树在太阳偏西时被砍倒。整个白天像一棵树,缓缓朝西斜倒下去。大杨树向东倒去。

砍到剩下树心,大杨树像醉汉一样摇晃了,人都闪开。十几个人拉起拴在树上的绳子。给树选择的倒地方向是东方,那是条路,压不到东西。拉绳子的人似乎没使出多少劲,树就朝东边倒过去。

树倒了。树倒地的声音像天塌了一样,先是嘎巴巴响,树在骨折筋断声中缓缓倾斜,天空随着树倾斜,西斜的太阳也被拉回来,树倒去的方向人纷纷跑开,狗跑开,鸡和牛跑开,蚂蚁不跑,大树压不死小蚂蚁。

树倒了。"腾"一声巨响。树从天空带下一场大风,地上的树叶尘土升腾起来,升到树梢高,惊愕地看着地上发生的事。孩子在树的倒地声里一阵惊呼。一群麻雀在旁边的树上尖叫。大人面无表情。树躺倒在地上,那么高的一棵树,倒在地上却不显得长。地上比它长的东西太多。路就比它长。孩子们呼叫着围上去,抢折树梢上的枝条,那些他们经常仰天望见,从没有爬上去摸见的树梢,现在倒在尘土里。

树倒了。老额什丁仰头望着树刚才站立的地方,空荡荡的,大杨树把这片天空占了上百年,现在腾出来了。

树倒了。狗跑过来嗅嗅树枝上的大鸟巢，空空的，有鸟的味道。树没倒的时候，狗经常仰头看一对大鸟在树梢的巢里起落。有时夜晚的月亮停在树梢鸟巢边，像一张脸，静静望着巢里的鸟蛋，望着刚出壳的小鸟。狗对着月亮的吠叫突然停住。

树倒了。砍树时树上的鸟早就散了。鸟在天空听见树叫。树的叫声有一百棵树那么高，那是一棵声音的大树，刺破天空，穿透大地。

树倒下的地方几天后死了一只鸟，眼睛出血。一只比麻雀稍大的灰鸟。艾肯说，灰鸟经常晚上在大杨树上落脚，它借以前那两只大黑鸟的巢在树上落脚。可能灰鸟晚上过来，以为树梢还在那里，脚一伸，落空了，一头栽下来摔死了。也可能鸟也老了，想落到老杨树上，看见树没了，鸟不想再往别处飞，鸟闭住眼睛，伸直腿，翅膀收起，往下落，最后重重地落在大杨树的断根上。

大树根

我们家猪圈全是用树根垒的。几百个树根，一个挨一个垒成一人高的树根墙。有榆树根、胡杨树根、沙枣树根，全是我们从村子周围的荒滩上挖来的。

我们搬到黄沙梁时，村外的荒野上只剩几棵粗大的歪榆树。生长最多的是红柳、铃铛刺、碱蒿之类的灌木，当中不时看到大大小小的干死树根。我们挖树根烧火，烧不掉的码起来垒成猪圈羊圈。大部分树根底部已腐，露在外面的树桩也已干枯，两镢头便能砸下来。也有的树根坚硬结实，根系紧扣大地，镢头碰上去发出沉闷深远的回响，那是从树根扎入的土地深处传来的声响，让人震惊，握着镢头站在野滩上发愣。

我们在野外挖过一棵巨大无比的树根。树用斧头砍掉的，树桩高出地面有一米，我们兄弟三个手拉手也没把这个树桩围住。

这么大一棵树让谁砍去了。在村里我们从没见过这样粗大的木头，它不可能被藏起来。它躺在地上也有一人高。这样巨大的东西不会轻易消失，或许它被剖开劈碎，一小块一小块分散在哪个院子里。或许流落到别处。或许，它就在黄沙梁某个阴沟荒地里，一年年地腐朽成土，我们已经认不出它。

那天我们赶牛车到荒野上砍柴，近处的柴被人砍光了，我们赶车往远处走。远处看上去柴很多，红柳、梭梭一连片。走近了才发现一样稀稀拉拉、东一棵西一棵，我们再往前走，结果就碰见这个大树根。停下来端详半天，都有点不敢相信，还有这么大的一个树根，没有被人挖走。

老大从车上取下镢头，抡圆了朝树根砸去，镢头被弹回来，脚下的地一阵颤动，从树根深处传来的巨大响声震惊了我们，像三个矮树桩一样呆立在那里。那响声太可怕了。野滩再没有人，也没一丝其他声音，村庄远远地蹲着，像个不敢出头露面的小动物。我们呆站着，直到脚下的地不再颤动，那响声原回到树根深处。

老三说："大哥，我们不挖这个根了，砍些红柳回家吧。"

"不挖就让别人挖走了。"老大说。

"要不留个人看着，回家喊父亲去。"老三说。

老二没有说话。他觉得认识这棵树。在哪见过。整个树身葱茏巨大地立在空气中，枝枝丫丫他都异常熟悉。好像自己在这棵大树的某个枝丫上生活过。树干上的那个洞，树梢上的鸟窝，春天时向南的那些枝条最早吐出绿芽他都记得清清楚楚。他还记得伸展在地下的庞杂根须，向东、向西、向南各展开一条粗大主根，倾斜着扎向土地深处。众多毛根交织在四周。他觉得自己在这棵树的根下枝上都生活过，留下那么多自己都不敢相信的往事。他还记得向西那支主根下面一条幽深暗河，水哗哗啦啦冲打着根须，从暗处流向更暗处。那已是离主干很远的地方了。根扎得那么深似乎不仅仅为了吸收水分。根在伸展中逐渐有了意识，它自己朝深远处去了。当一条主根朝地深处扎去时，它的躯干上的一个壮枝，也开始向天高处伸展。它们在最高和最深处，遇见彼此。

现在这棵大树的躯干被砍掉了，像个没头的人。根留在土地中，它无法预知大地上的事情。一棵树在这片土地上生长了千百年后，一群一群的人开始来到这里谋生。

大地像繁衍草木一样开始繁衍人。

一根大树的躯干和根，从此作为对人用途各异的两种木头流落人世。不知码在猪圈墙上的那截秃根，还能否认出担在牛圈棚上皮剥光枝杈砍净的那段躯干呢。

兄弟三个开始挖那棵大树根。

老大挖过很多树根，也同样用镢头砸过很多树根，他认为不要紧，没啥害怕的，那只是木头发出的声音。木头空了，就发出空洞的响声。木头坚实，响声也就实沉。老二也挖过很多树根，还一个人挖过很多大树根，他没有吭声。只有老三对树根发出的声音感到陌生，有点害怕。

在我们的成长过程中，有些声音会渐渐熟悉，却再无法听懂。一根木头第一次对我们发声时,我们不认为那是木头的声音。是什么东西在说话。我们惊恐、震颤、屏息倾听。那一刻我们有可能听懂。后来这种声音一而再地响起时,我们终于认定那只是一根木头发出的声音,就像一个人挨打了会喊叫。

从那时起这件事物的门便对我们永远关闭。

我小的时候趁它们不留意,进入过许多事物的门。现在我站在外面,听人们喧哗与吵闹,一世界的门外汉啊。一件事物的门,可能只对人敞开一次。这个人成了这件事物真相的唯一见识者,以后人们只能通过他的转述认识这件事物。而真相是无法转述的。人们通过转述者看见的只是转述本身。那已是另一件事物了。

如今认识一件事物越来越不容易。所有事物暴露无遗。而进入这些事物的门,却完全地关闭了。甚至人们已经不知道每件事物都有一扇自己的、有可能被人偶然进入的门。人以为自己的嘴便是万物之门,什么都可以被说出来。

我那时候有幸进入一些事物,我想说出它们,说出的却是另外一些东西。就像我写了这么多,离我最初想写的东西越来越远了。

兄弟三个围着树根往下挖土,土得扔远点。得挖一个很大的坑。不断碰到一些毛根,挥斧头砍断,然后再往下挖,挖到一米深了,主根还没出现。老大抡起镢头又要砸树根,想从土地的颤动中辨认主根朝哪个方向延伸。老二拦住了他，用铁锨在东、西、南边各挖了一锨，兄弟三个照着标记挖下去，三条粗大主根赫然暴露出来。

接下来的活儿好玩又累人，把主根周围底下的土全挖空，把遇到的支根全砍断，剩下三个主根，像巨爪一样紧抓住地。我们停下来喘会儿气，喝口水啃点馍馍。已经半下午，我们挖这个根把大半天时光耗去了。

砍主根时又听到那种吓人的声音，从土地深远处传上来，持续很久后慢慢消失。挥斧子的手愕然停住，不敢再砍下去。

"砍吧。没事。"大哥说。

响声又一次从地深处传上来。头顶的空气也在颤动。仿佛早被人砍走的那棵大树在空气中使劲晃动。可能天空有记忆。一棵大树的影子，完完整整保存在树根之上的无垠天空。我们的砍伐声再一次触动天空对一棵参天大树的无限念记。从地面，到高远云层，整个天空满满当当地浮现出一棵树，天空在用我们不清楚的方式念记天空下消失的每一样事物。

大地也有记忆。大地一直在深埋有价值的东西。我们一直像一种动物一样在大地上挖掘。我们挖出最多的是埋在土里的死人，他们剩下骷髅、几根骨头，那是我们自己的树根。我们一挖出来就赶紧好好地原埋进土里。我们害怕看见它。

树根拉回家后扔在了房后头。原以为弄了个大东西回来，喜滋滋的。结果什么用处都没有。烧火劈不开。放在院子又占地方，就扔在房后头。

搬家那天其他东西都装上车，父亲端详着大树根，过去蹬了一脚，没动弹。

"唉，扔掉算了，车装不下了。"父亲嘟囔着。

其实我们早就把它扔掉了。

"谁要这个树根，谁要了拿去。"父亲喊叫了一句。周围没人应。

"谁要这个树根？"父亲又喊叫了一句，周围来帮忙的、看热闹的人全笑起来。我们愣了一下，也全笑起来。

还想补充一些。挖那个大树根耗掉了我们兄弟三个不少力气。如果我们以后没干成别的什么大事，那是因为我们在一棵大树根上耗掉了太多力气。

砍断那三个檩子般粗的主根要费多大劲，就不说了。最艰难的是把树根从坑里弄出来装到车上。活儿是这样完成的：把车卸了，一根绳绑在树根上，让牛在上面拉，我们在坑里推，滚动一点，拿木块垫住，缓一阵，再往上滚一点，再堰住缓口气。直折腾到人牛都没有力气了才把树根请出坑。往车上装稍省劲些，车头扬起来，车尾着地，把树根往车上滚，上去一点，把车头压下来，树根就到车上了。

树根一装上去车就嘎巴巴响，一块车厢板压断了。好在车轱辘没压扁。

再补充几句。树根挖走后地上留下一个大深坑。走出很远了我还回头看见那个大深坑。以后很多年我经常想起那个大深坑。

至于那个大树根,已经不见了。我问冯三谁拿走了。冯三说不知道。问房后面的陈三元,说好像早些年还在哩。后来就不见了。我在村里转了一圈,留心在人家院子扫了几眼,也没看见。

后来在邻近几个村子也找了,仍旧没下落。

那些鸟会认人

我们搬走了,那窝老鼠还要生活下去,偷吃冯三的粮食。鸟会落在剩下的几棵树上。更多的鸟会落到别人家树上。也许全挤在我们砍剩的那几棵树上,叽叽喳喳一阵乱叫。鸟不知道院子里发生了啥事。但它们知道那些树不见了。筑着它们鸟窝的那些树枝乱扔在地上,精心搭筑的鸟窝和窝里的全部生活像一碗饭扣翻在地上。

冯三一个人在屋里听鸟叫。我们没有把鸟叫算成钱卖给冯三。我们带不走那些鸟。带不走筑着鸟窝的树枝。那些枝繁叶茂的树砍倒后,我们只拿走主干。其余的全扔在地上。我们经营了多少年才让成群的鸟落到院子,一早一晚,鸟的叫声像绵密细雨洒进粗糙的牛哞驴鸣里。那些鸟是我们家的。我们一家十六只耳朵听鸟叫。冯三一个人,眼睛不好使,耳朵也有些背。从此那些鸟将没人听地叫下去,都叫些什么我们再不会知道。

大多是麻雀在叫。麻雀的口音与我们相近,一听就是很近的乡邻。树一房高时它们在树梢上筑窠,好像有点害怕我们,把窠藏在叶子中间,以为我们看不见。后来树一年年长高,鸟窠便被举到高处,都高过房顶又一房高了,可能鸟觉得太高了,下到地上啄食不方便,又往下挪了几个树枝,也不遮遮掩掩了。

夏天经常有身上没毛的小鸟从树上掉下来,像我们小时候从炕上掉下来一样,扯着嗓子直叫。大鸟也在一旁叫,它没办法把小鸟弄到窝里去,眼睁睁看着叫猫吃掉,叫一群蚂蚁活活拖走。碰巧被我们收工放学回来看见了,赶快捡起来,仰起头瞅准了是哪个窝里掉下来的,爬上树给放回去。

爬树都是我的事,四弟也很能爬树,上得比我还高。不过我们很少上到树上去惹鸟。鸟跟我们吵过好几架,有点怕惹它们了。一次是我上去送一只小鸟,爬到那个高过房顶的横枝上。窝里有八只鸟蛋的时候我偷偷上来过一次,蛋放在手心玩了好一阵又原放进去。这次窝里伸出七八只小头,全对着我叫。头上一大群鸟在尖叫。鸟以为我要毁它的窝伤它的孩子,一会儿扑啦啦落在头顶树枝上,边叫边用雨点般的鸟粪袭击我。一会儿落到院墙上,对着我们家门窗直叫,嗓子都直了,叫出血了。那声音听上去就是在骂人。母亲烦了,出门朝树上喊一声:快下来,再别惹鸟了。

另一次是风把晾在绳上的红被单刮到树梢,正好蒙在一个鸟窠上,四弟拿一根木棍上去取,惹得鸟大叫了一晌午。

还有一次，一只鹞子落在树上，鸟全惊飞到房顶和羊圈棚上乱叫。狗也对着树上叫。鸡和羊也望着树上。我们走出屋子，见一只灰色大鸟站在树杈上。父亲说是鹞子，专吃鸽子和鸟，我捡了块土块扔过去，它飞走了。

除了麻雀，有时房檐会落两只喜鹊，树梢站一只猫头鹰，还有声音清脆的黄雀时时飞来。它们从不在我们家树上筑窠。好像也从不把黄沙梁当家。它们往别处去，飞累了落在树枝上歇会儿脚，对着院子里的人和牲畜叫几声。

"那堆苞谷赶紧收进去，要下雨啦。"

"镰刀用完了就挂到墙上。锨立在墙角。别满院子乱扔。"

我觉得它们像一些巡逻官，高高在上训我们，只是话音像唱歌一样好听。乘人不注意飞下来叼一口食，又远远飞走。飞出院子飞过村子，再几年都见不到。

"那些麻雀会认人呢。"我对父亲说。昨天我在南梁坡割草，一只麻雀老围着我叫，我以为它想偷吃我背包里的馍馍。我低头割草，它就落在前面的草枝上对着我叫，我捆草时它又落到地上对着我叫。后来我才发现是我们家树上的一只鸟，左爪内侧有一小撮白毛，在院子里胆子特别大，敢走到人脚边觅食吃，所以我认下了。刚才我又看见了它，站在白母羊背上捡草籽吃。

鸟就是认人呢。大哥也说，那天他到野滩打柴，就看见我们家树上几只鸟。也不知道它们跑那么远去干啥。是跟着牛车去的,还是在滩里碰上了。它们一直围着牛转,叽叽喳喳,像对人说话。大哥装好柴后它们落到柴车上,四只并排站在一根柴火上,一直乘着牛车回到家。

在我傍着她的均匀鼾声里，有一匹马和小半群绵羊，打山边走过，行到半坡拐弯处，一只羊突然回头，对着我半开的窗户，咩咩咩叫，仿佛叫它前年走失的羔子。

第三部分

菜籽沟早晨

菜籽沟早晨

我要在一山沟的鸡鸣声里,再睡一觉。布谷鸟、雀子、邻家往小河对岸的大声喊叫,都吵不醒。满山坡喳喳疯长的红豆草、野油菜、麦苗和葵花吵不醒。山梁呼噜噜长个子。在我傍着她的均匀鼾声里,有一匹马和小半群绵羊,打山边走过,行到半坡拐弯处,一只羊突然回头,对着我半开的窗户,咩咩咩叫,仿佛叫它前年走失的羔子。

我就在那时睁开眼睛,看见我被一只羊叫醒的另一世里,我跟着它翻过了山梁。

我认识乌鸦
中的老者

我认识乌鸦中的老者。它们一大伙在杨树梢"哑哑"叫时,我听出它苍哑的嗓音,像一个八十岁的老人在喊叫。我不知道它喊谁。我听见了,它就是在喊我。我朝杨树下走几步,想从一树黑乌鸦中认出老了的那只。可是,乌鸦再老羽毛也是乌黑的,不会像人,活到头发花白。

我住的菜籽沟村最多是白发老人,那些沿路零散地排开的老宅子里,有的住一个老人,有的住两个。住两个的过一阵剩下一个。村委会上班的也是老人,村长支书都老了,天天到办公室开会,讨论菜籽沟未来发展的事。

乌鸦在讨论什么呢?它们在树上开会,听上去每只都在"哑哑"叫,只有我一个人在树下听。

我听了半辈子乌鸦叫,仍然不知道它们在叫什么。

但我终于听出一只老乌鸦的叫声。在一树黑压压的叫喊中,有一个粗哑的喊声落下来,像在喊地上的人。

我一冲动,对着树上扯开嗓子"哑哑"大叫几声。

它们全惊飞起来。

它们飞过菜地时,我认出那只老乌鸦了,飞在最后面,迟缓地扇动翅膀,脖子伸得长长,像人老了一样,身体走不快了,头慢不下来,使劲往前伸。它明显跟不上疾飞的乌鸦群。它们飞过河沟和马路,飞到那片长满藏红花的山坡后,不见了。

那只老乌鸦留下来,落在小河边的榆树上,头朝这边看我,张嘴"哑"叫了一声。

我学它"哑哑"叫了两声。

它一定听出我的叫声比它还要苍老。

接着它飞起来,从我头顶缓缓掠过时,头偏了一下,一只眼睛朝下看。它的眼睛也许跟我一样老花了,辨不出地上是一个人还是一只乌鸦。也许在它眼里我就是一只老乌鸦,弓着腰,背着膀子,匍匐在地上。

它又"哑"地叫了一声。

我知道它是对着我叫的。我没好意思再学它叫。多少年来我跟着乌鸦学它们叫,早已学得太像一只乌鸦了。我担心把它从天上叫下来。万一它真的飞下来,落我身旁,要跟着我走,我会把它领哪去呢。

鸽子

一只灰白鸽子，站在屋檐上看我们在院子里做饭，大案板上摆满青菜、肉和醒好准备下锅的拉面，它大概看得嘴馋，咕咕叫。我抓一把苞谷撒上去，它跳开几步，眼睛依然盯我们锅里的饭。

我们一家人坐在锅头边的案子上吃饭时，它落下来，小心地朝饭桌旁走来，走两步，偏着头望一阵，又走几步，仿佛它认识我们中的谁，前来打招呼。又仿佛它是我们丢失很久的一个孩子，回家来吃饭了，我们忘了给他摆筷子，忘了给他留位子，忘了做他那份饭。

突然地，我们全停住筷子，看着它一步一步走过来，快到跟前它停下来，依然偏着头望，像一个一个认它久别的家人。

我妈说，给它撒点米饭，鸽子爱吃米。

方圆起身拿米饭时它飞了。

　　它朝屋后的麦田飞去时，连头都没回一下。仿佛它真的跟我们没有一点关系。

我做梦的气味
被一只狗闻见

我妈去英格堡赶集,见有铃铛卖,老式黄铜的,顺手摇一下,有她早年听熟的声音,就买两个,在黄狗太阳和黑狗月亮脖子上各拴一个。月亮的没几天丢了,它不喜欢这个乱响的东西,自己甩掉了。我妈拾回来再给它戴上,第二天,它又脱掉。它当我妈的面,把一个前爪蹬住脖圈,头往后缩,脖圈就掉了。然后,它衔起带铃铛的脖圈,一路响着跑到屋后面,在我妈看不到听不见的地方转了好一阵,无声地跑回来。它把那个讨厌的铃铛藏掉了。

太阳的铃铛一直戴着。它喜欢那个声音。它个头比月亮小,但他觉得自己比月亮多一个声音,它经常晃着头在月亮面前摆弄自己的响声。

它成了一条叮叮当当响个不停的狗,跑到哪我们都能听见。

夜晚它的叮当声成了院子里最清晰的声音。我们从不知道晚上院子发生了什么,半夜被狗叫醒,侧耳朵听,是月亮在南边大叫,或许进来人了,或许是一只野猫或獾进了院子。有时我开灯照一下,若是外人进入,看见窗户亮,也就跑了,我并不出去看究竟。更多时候我呼呼大睡,不去理会狗在叫什么。一夜狗吠声传到梦里,我在远处听见狗叫,匆忙往回赶,家里进来生人了,门开着,窗户开着,我惊慌地站在门外不敢进去。

月亮大叫的时候,听见太阳的叮当声跟在后面。太阳很少叫,它知道自己的叫声太小,吓不住入侵者,它让响亮的铃铛声跟在月亮后面助威。它的铃铛声摇遍院子的每个角落。月亮只有自己的汪汪声。有时它在北边杏园叫,那里有一只大白猫,夜夜惦记我们伙房里的肉,有一个夜晚后窗户没关,大白猫进来,把案板上一块骨头偷走。月亮闻着那块骨头的味道追咬到后院墙边,白猫越墙跑了。月亮在院墙边狂叫。太阳的铃铛声也追到院墙边。

这个四处漏风的院子交给两条一岁多的小狗看守。月亮看上去个头大,很凶猛,太阳只是条小宠物犬,秋天抱来时浑身精光,担心过不了冬。果然天稍一凉就往屋子里钻。每次我都毫不客气赶它出去,它得习惯这里日渐寒冷的天气,让自己成为能在外面过冬的动物。菜籽沟已经是冰雪世界了,它的毛还没有完全长出来。天亮前那阵子外面最冷,听见它在门口叫,拿头顶门,门缝露出的一丝温暖会被它的身体接住。金子一起来就开门放它进房子，说让它暖暖身体。我坚决反对，我们不能让它依赖屋里的暖和，它要在漫长冬天的寒冷中长出自己的暖。

它的铜铃铛声在冬夜里听起来尤其寒冷，我们抱火炉取暖，它戴着冰冷的铃铛在寒风里来回跑。不跑便会冻死。月亮不怕冻，它是藏獒和牧羊犬的后代，身上有厚厚绒毛。天冷前给它们俩挨着修了狗窝，里面垫了层麦草。太阳不敢自己在窝里待，放进去就跑出来。它往月亮的窝里凑，一进去就被月亮咬出来。月亮真是条守原则的小母狗，白天跟太阳这只小公狗怎么打闹都可以，晚上就是不让太阳进自己的窝。

后来不知为什么月亮也不在窝里待了，可能狗窝在院墙边，太阴冷。我在门口用纸箱给太阳做了一个小窝，纸箱侧面掏一个洞，上面用砖压住，里面和洞口处铺上麦草，太阳晚上住里面，这次月亮随了太阳，卧在洞口的麦草上，那个纸箱做的窝盛不下月亮，它只好给太阳守窝。

经过一个冬天——我们在菜籽沟的第一个冬天——太阳终于从一条宠物犬，变成了狗，它在寒冷的冬天里长出一身细绒毛。接下来的冬天，它将不再寒冷，不会在冬夜里不停地响着铃铛跑。我们也不再寒冷，书院在建锅炉房，到时候每个房间都会暖暖的。

那天太阳把铃铛丢了，它从坡上凶猛地跑下来，像另一条狗。

丢掉铃铛的太阳没有声音了，它一路跑，一路往后看，好像那个叮当响的自己在山坡上没有下来，跑到坡下的又是谁呢。它跑一阵，回头朝坡上汪汪几声。那个刚刚还在叮当响的自己，在山坡草地上转一圈突然不见。往山下跑的是一条没有响声的狗。

月亮也觉出太阳不对劲，对着它咬。好像要把它咬回去，把那个叮当声找回来。

第二天一早，我扫院子，突然听见铃铛声，太阳嘴里叼着系了绳子的铃铛，从山坡杏园里狂跑下来，一直跑到我身边。

它自己把丢了的铃铛找回来了。

那以后它又成了一只叮当响的狗。

深夜醒来，又听见它的铃铛声绕着房子转。它可能闻见我醒来的味道了，有意要让我听见。在它的嗅觉里，我醒来和睡着的气味或许不一样，做梦时的气味更不一样。

我曾在梦醒时分隐约听见狗吠，看见自己站在屋外的黑暗中，我刚从遥远的梦中回来，未来得及进屋子，而睡在屋里的正在醒来。我闻见我的将从睡梦中醒来的气味，像一间老房子的门沉沉推开，全是过去的旧味道。那个在梦里远走的我，带着一缕不散的旧气息回来，站在窗外，他要在我完全醒来前回到我的睡眠里。或许是他的睡眠。我并不认识梦里那个我，不知道他在下一个梦里会干什么。我没有一只可以醒着伸到梦中的手，去安排黑暗睡眠里的生活。我活了五十年，至少有二十年，活在不能自已的睡梦中。

睡是我生命的另一场醒。

我曾在这个黑暗世界一遍遍地醒来。

我醒来和睡着的气味，被一只叫太阳的小狗闻见。

麦收

昨天午后，拉了高高一垛苞谷秆的拖拉机，突突突从书院门外驶过时，突然觉得我们院子少了一车什么。书院菜地的苞谷秆稀拉地站了几行，没来得及吃一口青玉米棒它们就老了。刮风的夜晚，苞谷叶子干燥的响声传入梦中。我们忙乎半年，似乎只收获了一地干喳喳的风声。

从麦收开始，先是拉麦捆子的拖拉机，一座山一座山地，从门口驶过，接着是拉豆秧和苞谷秆的车。

菜籽沟的秋收漫长到下雪，那时坡地上的麦子都要一镰一镰地割，从路上望去，人像小虫儿爬在坡上，一点点地蠕动，动一天，麦地凹下去一块。扎捆的麦子成行竖摆在麦茬地，远看像一块粗针脚补丁。

从七月到八月，沟里都在收麦子，这个季节找个干活儿的都困难。前面雇的七个甘肃民工，六月初回家割麦子了，他们把盖了一半的房子扔下，把我们预计八月完工的计划扔下，说要回老家割麦子。

不回行吗？

不行。

为啥不行？这边挣钱，在老家雇人割麦子，不一样吗？

雇不上人，家家的麦子都熟了，谁有空给你干活儿。

盖一半的房子扔了半个月，他们一起回来了。回来的时候是黄昏，从拖拉机上下来，个个脸色像饱满麦子。第二天，他们的身影又晃动在墙头上，还是那些人，接着半个月前那个茬往上垒墙，只有我知道，那个茬再也接不上了，首先砖缝难完全对上，即使后来勾了砖缝，我也一眼能看出他们停顿又续接的缝隙。更重要的是活儿搁了十几天，房子主人的想法变了，原先定的木头架房顶被钢板替代，木工活儿被铁活儿替代，事实上盖出来的房子变成另一栋。半个月前他们因为回家割麦子而耽搁的那个砖混木框架的房子，永远都不会再盖出来。

甘肃的麦子割完了，新疆菜籽沟的麦子才开始黄。坡地陡收割机上不去，全人工镰刀割。一人一天顶多割一亩地，一家种几十亩，就得一个劳力起早贪黑累一个多月。这一个多月书院的其他活儿耽搁下来，除了那几个回来的甘肃民工，再找不到给我们干活儿的人。这个季节，哪有比割麦子更重要的事情呢，我们只有眼巴巴看他们快快收割，院子里不打紧的活儿停下来。多好的太阳啊，多好的白云，多好的月亮和星星，我们干等着，看他们收获。我们挖管沟、修路、收拾院子的活儿，放一年也没事。路不铺也没事。哪有比割麦子更大的事呢。

地上收麦子的季节，天上星星月亮都闲着。地上的麦香往星空里飘，那里有一层人，每年这个季节让麦香熏醒，他们眼睛朝下看，跟我们朝上望的目光相遇，仿佛黑夜里面对面走来的亲人。

我在这样的夜晚清闲下来，躺在靠椅上看星星。夜空像茫茫戈壁一样，那些朝黑暗里走远的人们，夜夜回头，我在书院的松树下，等候他们回望的目光。迟早我也加入其中，在奔赴无尽黑暗的路上，我夜夜回头，到那时坐在夜空下看星星的人是谁呢，谁从茫茫星空里辨认出我微弱而深情的目光。谁的思念会让我如花开放般醒来呢。

在书院的松树和杨树上面，在稍远的山坡上面，星空荒芜着。它底下的山坡沟底，年年种麦子种土豆，年年丰收。

挖坑

我蹲在坑沿,看他们俩往外扔土。头一天,他们挖到半人深回去了。第二天挖到中午,老八找到方如泉,说坑两天挖不完,原来说的六百块太少了,让方如泉加点钱。方如泉说先干,干完再说。第三天下午,他们终于把自己挖进了坑里,只见一锨一锨扔出来的土,我没再去坑沿上看。我一去,老八就跟我说干亏了,让加点钱。

老八和老五算天工的时候,可能都忘掉自己的年纪,他们都五六十岁的人了。年轻时挖一个菜窖,也就一两天工夫。后来,菜籽沟就没有人家挖菜窖了。老八老五也有十年时间没挖过菜窖。这十年他们挖的最多的是管沟,自来水通到村里,光缆拉进村里,都得挖沟往地下埋。他们早已忘了挖菜窖这回事了。可是,我们书院要挖一个大菜窖。我们地里的洋芋丰收了,黄萝卜也丰收了。得有一个大菜窖来冬藏。方如泉找来老八，老八在地上踏了尺寸，一口价要了六百块。老八回去又拉上老五。他们俩计划两天干完，一人挣三百。可是，他们干了整整三天。最后一天，干到星星出来了，菜窖的深度还差半尺。第四天上午，两人又过来补挖，等于干了三天半。

多干的这一天半，成了老八给自己挖的一个坑。菜窖挖完了，院子的其他活儿还在继续，老八每天一早骑摩托来，干到中午回家吃饭，下午又来干到天黑。只要碰到方如泉，老八就说加钱的事。他说自己多干一天半不要紧，关键是老五不愿意，老五六十多岁的人了，被自己叫来干活儿，还干赔。说自己挖菜窖累得胳膊疼，现在都没缓过来。还说自己夜夜做梦，梦见自己在一个越挖越深的坑里，出不来。方如泉只是笑着装糊涂。老八一嘟囔他就走开。

方如泉到最后也没给老八他们加钱。这期间我去湖北"长江讲坛"讲了一场课，题目是"从家乡到故乡"。我用自己独特的散文语言，带着在场的五六百人，从家乡出发，往永恒的故乡走。那么多的人，跟着我回家，一个童年的家，路窄窄的，天低低，光线时暗时明。我讲的是我一个人的家乡，但是，那条语言之路通向所有人的故乡，仿佛人人都回到自己的故乡，我带他们去，喊他们回。他们仿佛忘记了回。

演讲结束后，突然觉得我给他们挖了一个叫故乡的大坑，我把他们带进一个大坑里。离开武汉后的好多天，一些人还在我挖的那个坑里，我从微博信息中看见他们留言，有一个读者说,刘亮程老师都回新疆了,我还在他讲述的那个村庄里。

我回到菜籽沟时菜窖已经修好,里面躺了一堆洋芋。这个温暖的盖了顶棚的大地窖,成了一堆洋芋的家。在接下来的漫长冬天,我们会一次次地下到窖里,拿洋芋出来,炒土豆丝,做土豆烧牛肉。到那时,老八梦里的那个坑或许还没挖完,这个活儿他得在梦里干一个冬天,我们帮不了他,或许他会叫上老五,老五比老八聪明,但老五不知道,每个夜里老八都拉着他挖坑,一边挖一边听老八嘟囔活儿干亏了。老五就这样被老八白白地在一场场的长梦里使唤,他以为自己睡觉休息了,他干完白天的活儿,回家洗漱,吃妻子做的汤面条,有时还自己喝两口酒,然后上床睡觉。可是,他睡着后被老八喊走了,他不知道自己夜夜在老八的梦里跟着他挖坑,那个坑越挖越深,永远挖不完了。因为老八认为挖亏了,所以在每个梦里,老八都扭亏为盈,他在一些梦里轻松挖好坑拿了钱,分给老五一半,有时不分,自己独吞。可是,那些梦里挣的钱他带不到梦外。醒来他依然是亏的。这个梦没完没了。老五每天睡不醒,白天干活儿老没劲,他不知道劲去哪了,只能承认自己老了吧,有些人就是这样老的。当然,也有另一种老法,像老八,掉进一个坑里,出不来。

我们的菜窖呢,只装了小半窖洋芋。我们说洋芋丰收了要挖一个大菜窖的时候,没有谁怀疑。可是,我们在书院的第一季洋芋没有丰收,但也足够吃到来年的洋芋成熟。其间大菜窖会逐渐空荡地等候新一年的收成。只是我没下去看过，下菜窖都是方如泉和方圆的事。我只是偶尔经过时探头朝里看看，有时晚上经过，突然想起老八，不由得站住。菜窖上面星星密布，在多少个有月光的夜里，这个菜窖被一次次重新开挖，我看不见老八和老五，他们或许能看见我，在老八完全封闭的梦里，我的脚步声传不进去，太阳月亮的吠叫传不进去，厨房煮肉炒菜的香味飘不进去，金子提茶壶倒的一碗水递不过去。在他们挖菜窖的那几天，金子每天做完饭洗好碗给他们烧一壶茶放在坑边，老八老五都夸金子热心。在老八不着边际的梦里，金子是否也一次次地给他烧茶，我不知道进入老八梦境的门在哪。但我一定夜夜在他梦里，他光梦见挖坑不行，得有一个梦中给他付钱的人，那个人肯定不是方如泉，因为方如泉不会给他加工资。他有一次找到我，说坑挖亏的事，我答应给他加一点。可是，我去湖北讲课了，回来再没见到他。他在梦里每重挖一次坑，我就给他加付一次工钱，我不知道给他付了多少钱，一个小小的菜窖会让我没完没了地给一个梦中人付钱。也许我早把所有的钱付完，变成一个穷光蛋。接下来，老八会不会在梦中翻身，我们书院和所有房子，都归了他。他背个手，站在坑沿，看我给他挖菜窖，一天天把自己陷到一个深坑里。他低头跟我说话，我在坑里仰脸看他，说这个坑挖亏了，让他加点钱。他说加钱？没门的事。一扭屁股走了。

木匠

赵木匠家弟兄五个,以前都是木匠,现在只剩下他一个干木匠活儿。菜籽沟村的老木匠活儿只剩下一件:做棺材。这个活儿一个木匠就够做了。做多少都有数,只少不多。村里七十岁以上的,一人一口,六十岁以上的也一人一口。算好的。也有人一直活到八九十岁,木匠先走了,干不上他的活儿。这个不知道赵木匠想过没有。也有人被儿女接到城里住,但人没了都会接回来。

赵木匠的工棚里,堆了够做百十口寿房的厚松木板,一个寿房六块板,所谓三长两短,是前后两块短挡板,左右帮板和底板三块长板,没有算盖板。我在里面看了好一阵,想选几块做书院的板桌,又觉得不合适,那些板子在赵木匠心里早有了下家,哪几块给哪个人,都定了。做一口寿房多少钱,也都定了。不会有多大出入的。

村里的老人或许不知道赵木匠心里定的事。有时哪家儿子看着老父亲气不够，可能活不过冬天，就早早地给赵木匠搁下些定金，让把寿房的料备好，到时候很快能装出来。更多时候是赵木匠自己做主，把他想到的那些老人的寿房都定制了。早晚都是他的活儿，人家不急他急，他得趁自己有气力时把活儿先做了，万一几个人凑一起走了，他又没个打下手的，那就麻烦了。

赵木匠心里定了的事，人不知，鬼会觉。棺材铺是鬼聚会的地方。半夜里鬼忙活着抬板子，三长两短盖房子，给每人盖一间，盖到天亮前拆了，板子抬到原处。我不能买老木匠和鬼都动过心思的板子。我看几眼，倒退着出来，临出门弯个腰，算请罪了。

我们的大书架和板桌、木桥，原打算请赵木匠做的，问了下工钱，也不贵。但最后请了英格堡乡打工的外地木匠。也是想着赵木匠二十年来只做寿房，他把菜籽沟的门窗、立柜、橱柜、八仙桌还有木车都做完了，一个老木匠时代的活儿，都叫他干完，我不忍再往他手里递活儿。另一个就是考虑他下料、掏卯、刨的时候，脑子里可能都想的是打寿房的事，我不能让他把这个活儿想成那个活儿。

赵木匠到我们书院串过几次门，他跟我们说着话，眼睛盯着院子里成堆的木头木板，他一定看出这摊木活儿的工程量。

他没问我们要干啥。我也没给他说我们要干啥。赵木匠耳朵背，我怕跟他说不清，我说这个，他听成那个。所以啥都不说。赵木匠是个明白人，他心里一定也清楚，一个木匠一旦干了那个活儿，也就不合适干别的活儿了。对木匠来说，干到可以干那个活儿，就简单了，所有以前学的花样都不用了，心里只有三长两短的尺寸，和选板的厚道。赵木匠是厚道人，我看他备的松木板，一大拃厚，觉得踏实。

我们来菜籽沟的头一年，村里走了三个人，外面来的小车一下摆满村道，仿佛走掉的人都回来了。

冬天的时候我不在村里，方如泉说菜籽沟办了两个葬礼和十几家婚礼，礼钱送了好几千。我交代过，只要村里有宴席，不管婚丧嫁娶，知道了就去随个份子。

村委会姚书记说他一年下来随礼要上万。哪家有事情都请他。他都得去。姚书记一点不心疼随了这么多礼。他的儿子这两年就结婚，送出去再多，一把子全捞回来。

村里出去的孩子，在城里安了家，结婚也都回村里操办，老人在村里，养肥的羊喂胖的猪在村里，会做流水席的大厨子在村里。再有，家人大半辈子里给人家随的礼账子也在村里，要不回村里操办酒席，送出去的礼就永远收不回来了。

也是我们到菜籽沟的这一年，英格堡乡出生了两个孩子，我听到这个数字心里一片荒凉，几千人的乡，一年才生了两个孩子，明年也许是一个，后年也许一个孩子都不出生，到那时候，整个英格堡、菜籽沟，只有去的人，没有来的。

黑暗

老八拖着黑黑的影子从坡上下来。他的摩托车停在大路边，我以为他会骑摩托回家。如果他骑上摩托，黑影会被他甩掉。老八骑摩托野得狠，"鬼都追不上"。这是老五说的。老五的意思是鬼追不上飞跑的摩托。我有点不信。年前我看见有人在路边烧纸汽车纸摩托，可能鬼早已经骑上了摩托。也可能鬼不骑摩托，他们有更快捷的工具——影子。

鬼在黄昏时躺在那些疲惫的人影里被带回家。人在地里干活儿，鬼蹲地头看。也不看，冥冥地待着，等人干完活儿。也不等，等和看这些事情，对鬼来说也早不存在。鬼只是冥冥到日头倒西，人的影子伸长过去，把鬼接上。

在能看见鬼的小孩眼睛里，鬼仰脸躺在人影子里，头脚对齐，很舒坦的样子。有时鬼坐起来，驾牛车一样吆喝人的影子前行。藏了鬼的影子拖累人，但人认为是自己干活儿累的，不会想到被影子拖累。

鬼舒坦地躺在影子里跟人回到家。也早不是原先的家。墙上的照片都撤了，以前的旧家具也不在，房子的主人换了几代，但人还是熟悉的相貌，姓也没变。

鬼是能记得自己的姓的，也记得在世时家人的样子。后人时不时地念想让鬼冥冥地睁开眼，朝着人世里望。望着就想回来一趟。循着黄昏时母亲喊孩子的叫声回来，听着吱呀的开门声回来，挽着袅袅炊烟回来。更多的贴着地上长长的影子回来。

路拐个弯，影子颠簸一下，到家了。墙根玩耍的邻家小孩对着影子大叫，自家的狗也对影子叫。人烦了，喝住小孩，撵走狗。小孩和狗都惊愕地看着一个躺着的黑影鬼鬼祟祟进了院子。

菜籽沟能看见鬼的小孩都长大走了，到外面上学谋生活，逢年过节回来一下。也都再看不见鬼。

剩下半村子老人，都避讳言鬼。看见鬼也不说。装没看见。就真的好多年没人看见鬼了。好像这世上真的没有鬼了。

老八没骑摩托回家，他直直进了我们院子。月亮猛扑过来，对着老八的影子狂咬，它看见这个人拖来的黑影里有不好的东西。我也看出了，他的影子比黑狗月亮的还黑。一个累坏的人，拖着比别人更黑的影子来到我们院子。我故意朝老八走近几步，两个影子并一起时我吓一跳。我闲了半天，影子淡淡的。老八的影子比我黑一层。

我赶紧问老八啥事,我害怕他把影子丢我们家院子。

有些人知道自己影子里藏了不好东西,回家前想法把影子丢掉。丢的方法多。比如,把影子拖进树荫里,自己溜掉。还有,骑驴背马背上,人和牲口影子叠一起。再就是天黑前找个借口进谁家,太阳落山了出门,影子就丢给这家了。

再就是骑摩托,油门一轰,呜地一溜子土,人瞬间不见。啥东西都甩掉了。

老八不像是要有意害我们的人。他割了一天麦子,腰还没全直起来。他的影子也弓着腰,看上去比老八委屈。

我问:今年麦子收成咋样?

老八说:没球相,顶多打一袋子多。

老八说的是一亩地收了一袋子多麦子,也就一百公斤的样子。每公斤麦子卖两块多,一亩地收二百多块钱,加上政府每亩地一百多的补贴,合三百多四百多块,机耕费种子费一除,落二三百块,还不算自己的工钱,要给别人割一亩地麦子,少说也挣一百五十块。

老八种了三十亩地麦子,算下来纯收入六千多。

"白忙活。"老八说完咧嘴笑了笑,骑摩托走了。

他没说来我们院子有啥事。我也没问,他丢下一句"白忙活"走了。

我突然觉得心里闷闷的,好像他把三十亩地的负担全卸给了我,把白忙活的一年丢给了我。

老八一夏天在我们书院打零工，每天挣一百三十元。他六十多了，比我大几岁，没有啥手艺，只能干小工的粗活儿，拿小工的低工资。

老八干得最多的是挖管沟，他一点点地把自己挖进沟里。然后，只见一团一团扔出来的土。每次他从自己挖的深沟里出来时，都拖出黑黑的一截影子。月亮见他从管沟里爬出来就扑过去咬。月亮是天生的看家狗，见人在院子里拿东西就咬，对两手空着走在院子里的外人，它只是盯着看。从土里钻出来的老八让月亮感到了不安。它看见了我看不见的东西。

一个黄昏，老八拖着从自己家麦地里弓腰一天的劳累，来到我们院子，他把那片麦地里的黑拖到我们院子，就像他一次次地从自己挖的管沟里爬出来时，把土里的黑拖到地上。

月亮跟着他的屁股咬，想把他撵走，可是他不走，跟方如泉说账的事，他挖管沟的活儿少算了一天，把一天丢了。按日期算天数又没丢。他进院子挖了七天管沟，按七天付工钱。但他硬说是八天。他干了八天活儿。这七天里他从沟里上来下去多过出来一天。谁知道这一天该咋算。

老八出院门时月亮依旧对着老八的影子咬。它可能闻见影子的不明气味，看见影子里藏着的黑东西。老八不理识月亮。在月亮一嘴紧迫一嘴的吠叫里，老八的影子渐渐拉长，月亮的叫声也渐渐拉长。最后，老八的影子伸到院门外，跟门口小河边榆树的影子并成一体，跟门外坡地上麦田的影子合为一体，一个更大的阴影从天上地上盖过来，天突然黑了，我一低头看见整个夜晚，跟在老八拖进来的黑影子后面，悄悄地覆盖进院子。

我们没有在天黑前关住院门，把黑夜挡在门外。

我们的院门一直敞开到月亮出来。那时我在半醒半睡间，听见书院的皮卡车从外面回来，车灯直直照亮院子，照到台阶上的孔子像。然后，我听见铁门和锁链相碰的声音，高高的，仿佛响在月亮和星星上面。

醒来

在我不曾醒来的早晨,你们挖开渠口,往我半月前浇过的菜地放水,你们低声呵斥月亮别叫,把渠边那根大木头抬到后墙边,又担心我醒来看见木头不见,四处找。你们把地边的草割了,晾干码成垛,在我让老王架起的草棚上,你们又往高垛了半个夏天的干草,你们中的谁爬到垛顶,低声喊月亮太阳,它们俩欢蹦着朝上吠叫,又更低声地似乎正在心里喊我的名字,在连狗都听不见的那声呼喊里,我早年的醒又醒来一次,我看见那时的我,好多个我,从菜地、从果园的浓密绿荫下、从门外的大路、从我一次次睡着的西北间的屋子、从山坡、从和谁的匆忙握别里,朝那个声音处走,步子轻快,眼睛朝上,耳朵侧着,那些走来的身影里有三十岁的我,二十岁、十五岁的我,亦有五十岁、八十岁的我,他们在谁的一声喊唤里来了,一步步往草垛聚拢,在渠边,十五岁的我好奇地看着五十岁的我，八十岁的我像一个孩童，蹦蹦跳跳超过十岁的我，然后，他们到了草垛下面，似乎又摞了好多个夏天的干草，我看见它高入云端，他们也仰头看，又好奇地相互看，那个呼唤声再没有了，草垛上只一个梯子，高晃晃竖立，我认出那是我少年时爬过的梯子，他们也都认出来，在我的记忆里，那个上房的梯子总是短一截子，下房时一只脚探下来，找梯子，身体害怕地趴在房檐，这个记忆延伸到无数的梦里，他们围着梯子，谁先上去呢，已经站在高高草堆上的又是谁呢，他朝下看，看见我各个年岁里朝上仰望的眼睛，那是他们中间的一双，早早地到了高处，星星一样静静回望。

在我不愿醒来的那个早晨，你们收住渠口，地里的菜都已长熟，我最喜欢吃的茄子、西红柿、芹菜长得尤其好，它们从未长得这么好过，在一个又一个早晨的无边长睡里，你们起来摘菜做早饭，喊干活儿的人吃饭，大声地喊，我寂静地听着，突然地，谁的一声喊到了我，又猛地停住，她意识到自己喊错了，声音已放出去，收不回来，所有人都听见了，都停住，走路的停住脚步，吃饭的停住筷子，太阳月亮也愣住，我喜欢地听着，用我长长一生里所有的耳朵，去追那个散远的声音，我等着谁喊第二声，等她声音再大点喊我一声，等她没有声音地在心里唤我一声，喊第三声，像她习惯喊我的那样，她早已习惯了连喊我三声，我早已习惯了在她的第三声里起身，我等她的第二声，等她喊第三声，她喊了我就起来，出门左拐，到餐厅，到她喊我去的任何地方。

可是没有，她只喊了一声，突然就没声音了，所有人都没声音了，月亮太阳都不叫了，我在那时装糊涂没有起来，没去吃那个早晨的洋芋面条，没去走那个上午的路，没去晒那个下午的太阳，然后，我听见刮风了，满天空的落叶声，一层一层树叶，给大地盖上被子，我暖和地闭住眼睛，想着一百个一千个秋天的金黄落叶会是多么的温暖。

月亮在叫

那一夜刮风,我听见三层声音,上层是乌云的,它们在漆黑的夜空翻滚,碰撞,磨蹭,挨挨挤挤,像往更黑暗的年月里迁徙搬运。中层是大风翻过山脊的声音,草、麦子、野蔷薇和树梢被风撕扯,全是揪心的离散之声。我在树梢下的屋子里,听见从半空刮走的一场大风,地上唯一的声音是黑狗月亮的吠叫,它在大杨树下叫,对着疯狂摇动的树梢叫,对着翻滚的乌云叫。紧接着,我听见它爬上屋后被风刮响的山坡,它的叫声加入山顶的风声中,在更高的云层中也一定有它的叫声。它在那里撕心裂肺地叫。我不知道它遇见了什么。对一条狗来说,这样的夜晚注定不得安宁,从天上到地下,所有的一切都发出响动,都在丢失。它在疯狂跑动的风中奔跑狂叫,像是要把所有离散的声音叫回来。

另一夜我被它的狂吠叫起来，循声爬上山坡。我猫着腰，双手扒地，在它走过的草丛中潜行，它在自己的吠叫声里，不会听见背后有一个人爬过来，我在离它不远的草丛停住，看见它伸长脖子，对着天上的月亮汪汪吠叫，我像它一样伸长脖子，嘴大张，却没有一丝声音。

满山坡的白草，被月光照亮。树睡在自己的影子里，朝向月亮的叶子发着忘记生长的光。我扬起的额头一定也被月光照亮，连最深的皱纹里都是盈盈月光。

这时我听见远处的狗吠，先是山坡那边泉子村的，一只嗓门宽大的狗在叫，像哐哐的拍门声，每一句汪汪声都在敲开一面漆黑的大门。紧接着村子北面的几条狗也吠起声，南边大板沟的狗吠也隔着山梁传过来。

此刻我们家的牧羊犬月亮，正昂首站在坡顶明亮的月光里，站在四周汪汪的狗吠中心。

我站在它身后，一声不吭。

我们不在院子的多少个黄昏和夜晚，它独自爬上山坡，用一只母狗的汪汪吠叫，唤起远近村庄的连片狗吠。然后，它循着一个声音跑去，每跑过一片坡地麦田，每爬上一座荒草山顶，都停下来，回头看身后的院子，侧耳听后面的动静，它对这个大院子的不放心，使它一夜夜地不曾跑远，那些夜晚的风声带着满院子树叶屋檐的响声，把它唤回来。它回到自己的院子里吠叫，把远近村庄的狗，叫到书院四周，它们进不了院子，不知道院墙上它独自进出的狗洞。

那样的夜晚，院子没有人，月亮的叫声悠远孤高，它不是叫给我们听，它知道自己的主人在听不见狗吠的远处，它在院子里闻不到主人的气味，从远处刮来的风中也没有主人的气息，整个院子是它的，悄然矗立的房子是它的，树荫间寂静移动的月光是它的。

又一个夜晚，我听见它吠叫着往山坡上跑，一声紧接一声的狗吠在爬坡，待它上到坡顶，吠叫已经悬在我的头顶，我仰躺在床上，听见它的叫声在半空里，如果星星上住着人，也会被它叫醒。

接着我听见它的叫声跑下山那边的大坡，那个坡似乎深不见底，它的声音正掉下去。其实那边是泉子沟的山谷，不深，只是月亮的吠叫深了，我再听不见。

我担心地躺在床上，不知道什么声音把它喊走了，想起来去看看，又被沉沉的睡意拖住。

那样的夜晚，天上的月亮从东边出来，翻过菜籽沟，逐渐地移到后面的泉子沟。这只叫月亮的狗，跟着天上的半个月亮，翻山越岭。

它可能不知道天上悬着那个也叫月亮。但它肯定比我更熟知月亮，它守在每个有月亮的夜里，彻夜不眠。在无数的月光之夜，它站在坡顶或草垛上，对着月亮汪汪吠叫，仿佛跟月亮诉说。那时候，我能感觉到狗吠和月光是彼此听懂的语言，它们彻夜诉说。我能听懂月光的一只耳朵，在遥远的梦里，朝我睡着的山脚屋檐下，孤独地倾听。我的另一只耳朵,清醒地听见外面所有的动静里,没有一丝月光的声音。

它一定知道我在听。

它听见屋后山坡上的响动。有时一场大风在翻过山顶。有时一个人悄然走过,踩动草叶的脚步声被它灵敏的耳朵听见。有时它听见黑云贴地,从后山压过来。比前半夜更黑、更冷,听见最黑的夜在走来,走进这个山谷。

它知道我的耳朵听不见黑夜到来的声音。它在我的门口叫,在窗户边叫。它要先叫醒我,让我知道夜已经变得更黑更阴冷。

有时它叫得紧了,金子会喊我出去看看。更多时候我懒得出门,打开手电从窗户照出去,光柱对着两侧教室的门窗扫一圈,对着高高的白杨树和松树扫一圈,对着孔子像前的台阶照下去,大门和外面的马路,都被树挡住。

看见手电光它会回来,站在光柱里,扭过头看。我打开窗户,探头出去,喊一声"月亮",我的喊声在它停息吠叫的大院子里,空空地响着。在后半夜的梦里,我悄然走在有它陪伴的月光里,它对着天上的月亮叫,那声音却像是我的,我听见自己的叫声像繁星一样密布在夜空,多少年来,我并不比一只狗喊叫得少。

有时它的叫声在院子外面,在屋后山坡上,我的手电光越过树梢,朝它对着吠叫的月亮照过去,这来自地上的一束光,和跟在其后的一缕目光,在遥遥的月亮上,和一只狗的仰望相汇。

有一夜它不停地叫到天快亮，我睡着又被它叫醒，金子一直醒着，她过一阵对我说一句，你出去看看吧，院子可能进来人了。

我说没事，睡吧。

说完我却睡不着，满耳朵是月亮的狂吠。它嗓子都哑了，还在叫。

我穿衣出去，手电朝它狂咬的果园照过去，走到它吠叫的教室后面，对着穿过林带的小路照。月亮亲热地往我身上蹭，我摸着它热乎乎的额头，它叫了一晚上，就想叫我出来看看，许多东西在夜里进了院子，但我看不见它所看见的。我关了手电，蹲下身耳朵贴着它的耳朵静听了一会儿，又打开手电，天上寥寥地闪着几颗星星，光亮照不到地上。树挤成一堆一堆，感觉那些高大的树都蹲在夜里，手电照过去的一瞬，它们突然站起来。

果真有人进了院子。那是另一个夜晚，我掀开窗帘，看见一个人走进大杨树下的阴影里。我赶紧起床，开门出去，手电对着那块阴影照，什么都没有。月亮在我前面狂咬，顺着穿过白杨树阴影的小路往上走，前面是一棵挨一棵的大树，那个人不见了。

我回来睡觉。过了会儿，月亮又大叫起来，我掀开窗帘看见刚才那个人正从大杨树的阴影里走出来，这次我看清了，他肩上扛着东西，还打着一个小手电。月亮只是站在台阶上狂咬，不接近那个人。

我出门喊了一声。那人站住,手电照过去,看见他肩上的铁锨。

是书院后面的邻居,他在夜里浇地,水渠穿过我们的大院子,他沿渠巡水。

月亮见我出来胆子大了,直接扑上去咬。我喊住月亮,和那人说了几句话,仍然没认清他是谁。

这时东方已经泛白,从对面山梁上露出的曙光,还不能全部照亮书院。我喜欢这种微明,天空、树、房子和人,都半睡半醒。

头遍鸡叫了。我们家那只大公鸡先叫出第一声,接着,一山沟的鸡都开始叫。

我看看手机,早晨六点。我还有三个小时的回笼觉,得把脑子睡醒,不然一天迷迷糊糊,啥事情都想不清楚。

另一夜大风进了院子,呼啦啦地摇白杨树和松树,摇苹果树和榆树。月亮在铺天盖地的风声里听见一个人的脚步声,它对着果园狂咬。我也隐隐听见了,像是多少年前我在那些刮大风的夜晚回家的脚步声,被风吹了回来。

我起身开门,顶着凉飕飕的秋风,走进月亮吠叫的果园。这时候大风已经把天上的云朵刮开,月亮星星,照亮了整个院子,我没有开手电,在清亮的月光里,看见一个人站在苹果树下,摘果子。风摇动着果树梢,树下却安安静静。那个人头伸进树枝里摸索一阵,弯腰把摸到的苹果放进袋子。那些苹果泛着月光,我想在他弯腰的一瞬看见他是谁。但是,他一弯腰,脸就埋在阴影里。我在另一棵苹果树下,静静看他摘我们家的果子,有一刻他似乎觉察出了什么,朝我站的这棵果树望,我害怕得憋住呼吸,好像我是一个贼,马上要被发现了。接着他又摘了几个果子,背起袋子朝后院墙走。

我静悄悄站在树下看那人弓腰背东西的背影,像是看早年某个夜里的我。月亮靠在我的腿边,也安静地看着那个人。它或许在等我开口说话,它等了好久,终于忍不住,狂叫着扑过去。那人一慌,摔倒在地,爬起来便跑,跑到院墙根,连滚带爬,从院墙豁口翻出去。

我没有喊月亮。它追咬到豁口处停住,对着院墙外叫了一阵,又转头回来。

我带着月亮穿过秋风呼啸的果园,不时有熟透的苹果落下来,腾的一声。有时好多个苹果噼噼啪啪地落在身边,我慢慢地走着,弓腰躲过斜伸的树枝,我想会有一个苹果落在我头上,腾的一声,我猛地被砸醒,发出疼痛的"哎呀"声。

可是没有,从始至终,我没有发出一丝声音,甚至没有叫一声月亮。

待我回屋躺在床上,突然后悔起刚才自己的噤声。月亮那样声嘶力竭地叫我出去,它是想让我叫一声,它想让只有孤单狗吠的夜晚,有我的一声喊叫。可是,我没有出声。

在我沉睡前的模糊听觉里,它孤独的叫声又在外面响起来了,一声接一声地,把我送入凉飕飕的梦中。

在无数个刮风的夜晚,它彻夜不眠,风进院子了,树梢在动,树的影子在动,所有的东西都发出声音,连死去两年的那棵枯杏树,都呜呜地鸣叫。

黑狗月亮的吠叫淹没在巨大的风声里,仿佛它被风吹着叫,它的叫声也成了风声的一部分。在它过于灵敏的耳朵里,风吹树叶的声音一定大得惊人。那时我在自己寥远的睡梦里,我偶尔的一两句梦呓飘出窗户,它听见了,紧跑过来,耳朵贴窗根,想听见我在梦中发生了什么,是否有一声在喊它。

如果我在梦中喊它,它一定听不见,我嘴大张,叫不出一丝声音。我在一夜风声中梦魇住。

外面天已大亮。

等一只老鼠老死

我妈种的甜瓜,熟一个被老鼠掏空一个。去年老鼠还没这么猖獗,甜瓜熟透,我们吃了头一茬,老鼠才下口。可能这地方的老鼠没见过甜瓜,我们让它尝到了甜头。今年老鼠先下口,就没我们吃的了。

"白费劲,都种给老鼠了。"我妈说。

老鼠在层叠的瓜叶下面,一个一个摸瓜,它知道哪个熟了,瓜熟了有香味,皮也变软。我们也是这样判断甜瓜生熟。老鼠早在瓜苗开出黄色小花,结出指头小的瓜娃时,就在旁边的洋芋地里打了洞,等甜瓜长熟。老鼠不吃洋芋,除非饿极了。只有我们甘肃人爱吃洋芋,吃出洋芋的甜。去年给我们盖房子的河南人和四川人都不喜欢吃洋芋,他们爱吃红薯。

甜瓜的甜确实连老鼠都喜欢,它吃香甜的瓜瓤,还嗑瓜子。有时老鼠把一个熟了的甜瓜咬开,只是为了嗑里面的瓜子,把整个瓜糟蹋了。我们没办法跟老鼠商量,瓜熟了我们先吃瓤,瓜子留给它们吃。事实上,我们所吃的西瓜甜瓜籽,都扔在外面喂老鼠和鸟了。老鼠明知道我们不吃甜瓜籽,我们只吃瓜瓤,瓜子迟早丢在地上给它吃,它为啥不等一等,非要跟我们过不去,让我们想方设法灭它呢。

瓜糟践完就轮到葵花苞米。秋天收葵花时才发现,那片低垂的葵花头几乎没籽了,老鼠老早已顺着葵花秆爬上来,一粒一粒偷光了葵花籽。我提着镰刀在葵花地里找老鼠漏吃的葵花,一个个地掀开葵花头,下面都是空的,像一张张没表情的脸。

我们种的葵花一人多高,老鼠得爬上爬下,每次嘴里叼一个葵花籽,得多久才能把脸盆大的一盘葵花籽盗完,又多久才能把一地葵花盗走。老鼠也许不用爬上爬下,它用牙咬下一颗,头一歪扔下来,下面有老鼠往洞里搬运。老鼠甚至不用下去,沿那些勾肩搭背的阔大叶子,从一棵转移到另一棵,挑拣着把籽粒饱满的葵花头盗空,把没长好的留给我们。

最惨的是玉米,老鼠爬上高高的玉米秆,把每个玉米棒子上头啃一顿。我妈说,老鼠啃过的,我们就不能吃了,只有粉碎了喂鸡。

老鼠赶在入冬之前,把地里能吃的吃了,吃不了的也啃一口糟蹋掉,把能运走的搬进洞。我们收拾老鼠剩下的,洋芋挖了进菜窖,瓜秧割了堆地边,豆角和西红柿架收起来,码整齐,明年再用。不时在地里遇见几个老鼠,又肥又大,想一锨拍死，又想想算了。老鼠在洞里储足了粮食，或许就不进屋里扰我们。冬天院子里寂静，雪地上一行行的老鼠脚印，让人欣喜呢。老鼠在大冬天走亲戚，一窝和另一窝，隔着几道埂子的茫茫白雪，大老鼠领着小的，深一脚浅一脚，走出细如针线的路。

那时节村里人一半进城过冬，一宅宅院子空在沟里。留下的人喂羊养猪，各扫门前雪，时有亲戚上门，吃喝一顿。

还是有一只老鼠进屋了，把我们住的屋子当成家。它在屋顶的夹层里啃保温板，掉下一堆白色颗粒。在书架上蹿上蹿下，偶尔在某一本书上留下咬痕和尿迹。钻进我写废的宣纸堆，弄出一阵纸的声音，和我白天折宣纸时弄出的声音一样。爬上我插干花的陶瓷酒瓶，不小心翻倒花瓶。还吱吱吱叫。屋里就我和它，如果它不是叫给我听，便是自言自语了。它应该知道屋里有一个人在听它叫，它满屋子走动，用这些响动告诉我这个屋子是它的吗？

最难忍的是它晚上咬炕头的大木头磨牙，大炕用一根直径半米的大木头做炕沿，木头原是人家老房子拆下的横梁，表皮油黄发亮，似乎那家人百年日子的味道，都渗在木头里。炕面是木板，贴墙顶天立地一架书。书架的圆木也是老房子拆下的料。当初用木板一块块地封住炕面时，我就想到了这个空洞的大炕底下，肯定是老鼠的家了。

老鼠不早不晚，等到我睡下，屋子安静了开始咬木头，咯吱咯吱的声音响在枕头底下。它在咬炕沿的老木头磨牙。

我咳嗽一声，它不理睬。我用拳头砸几下床板，它停住，头一挨枕头它又开始咬。我在它咬木头磨牙的声音里睡着，有时半夜醒来，听见它在地上走，脚步声轻一下重一下。

我从厨房带两个土豆过来，在炉子里烧一个吃了。第二天，剩下的那个土豆不见了。一个拳头大的土豆，它怎么搬走的，又藏在了哪里。

一次我们离开半个月，它把屋里能吃的都搬走吃了，或藏了起来。客人带来的两包小袋装的鹰嘴豆，它从一个角上咬烂外包装袋，把小袋装鹰嘴豆全搬空。我在炕边的洞口处，看见一堆吃空的小塑料袋。它可能真的饿坏了，我在书架上作为插花的一大束麦子，全被它掐了穗头。连插在花瓶的一大把干野花都没放过，有籽的花秆都咬断。一篮子苹果吃得一个不剩。留下过年吃的一个大甜瓜，被它从一头咬开一个洞，又从另一端开洞出去。我侧头看它咬穿的甜瓜里面，散扔着瓜子皮，瓜瓤依然新鲜黄亮，本来留着自己吃的甜瓜，让这只老鼠品尝了。

厨师王嫂说，他们家灭老鼠，一是投药，二是放夹牢，三是布电线。

我们院子不投药，有猫有鸡有狗。况且，凡是跟药沾边的我们都不用，村里人打农药、除草剂、上化肥，我们全不用。

夹牢买来一个，铁丝编的方笼子，诱饵挂里面，老鼠触动诱饵，出口会啪地关住。当晚在诱饵钩上挂了半个香梨，老鼠爱吃香梨，上次回家留在书房的半箱子梨都让老鼠吃了。

结果老鼠果真进了笼子，咬梨吃，触动机关，铁笼子啪地关住。我们睡着了没听见笼子关闭的声音。可能没关死，老鼠硬是挤一个缝逃了，把几缕灰色的鼠毛挂在铁丝上。接下来的几天几夜，诱饵依旧是香梨，夜里老鼠依旧在床板下啃木头磨牙，就是再也不进笼子了。

我想菜籽沟的老鼠被各种各样的夹牢灭了几十年，早认下这个东西，知道它的厉害了。为了迷糊老鼠，我把那个黑铁丝笼子拿白纸包住，诱饵放在里面，老鼠记住的也许是那个黑色的方笼子，现在笼子变成白色的，它就不觉得危险。

可是，老鼠不上当。

我把夹牢移到隔壁房子，想这只老鼠没夹住不进笼子了，别的老鼠会进。结果呢，换了几个房子，还在常有老鼠偷出没的鸡圈放了几天，笼子里做诱饵的香梨都干了，没一只老鼠上钩，好像书院所有的老鼠都知道这是夹老鼠的夹牢，都绕着走了。

夹牢没用，五十块钱买来电灭鼠器，一个简易的盒子，我研究半天没敢用，那个电灭鼠器太玄乎，它直接将铁丝接上电源，拉在地面十公分高处，铁丝上吊诱饵，老鼠看到诱饵会立起身去吃，或将前爪搭到铁丝上，只要一挨铁丝，立即电死。

我问王嫂，他们家的电灭鼠器打死的老鼠多吗。

打死好几个。王嫂说。就是操心得很，人不小心挨上也会电死。

我们没有别的办法，只好堵住墙根能看见的所有朝外的洞，不让其他老鼠再进屋。这只自然也跑不出去。我只忍受一只老鼠闹腾。我想，老鼠的寿命也就两三年，这只老鼠有两岁了吧，我会等它老死。去年冬天它啃木头的声音好像更有劲，我们忍过来了。春天正在临近，夜晚屋子里没以前冷了，它啃木头的声音也变得迟钝，随着它进入老年，也许会越来越安静，不去啃木头磨牙，它的牙也许在开春前就会全掉了。它会不会变得老眼昏花，分不清白天黑夜，会不会糊涂得再不躲避人，步履蹒跚在地上走。如果它真的那样，我们怎么办？我是说，如果那只老了的老鼠，真的再不惧怕我们，跑到眼前，我们该如何下手去灭了它。

这真是件麻烦的事情。

在它老死之前，我们和它共居一室的日子，好像仍然没有边。我已经习惯它咀嚼木头磨牙的声音。习惯了它留下的一屋子老鼠味儿。每次回到书院，金子都先打开所有门窗，把老鼠味道放出去。我甚至在夜里听不见它磨牙的声音了，是它不再磨牙，还是，我的耳朵聋了再听不见。要说衰老，或许我熬不过一只老鼠呢。在它咯吱磨牙的夜晚我的牙齿在松动，我的瞌睡越来越多，我在难以醒来的梦中长出更多皱纹。还有，在我逐渐失聪的耳朵里，这个村庄的声音在悄悄走远，包括一只老鼠的烦人响动。

终于，我们和一只老鼠一起熬到春天，院子里的厚厚积雪已经融化，冬天完全撤走了，把去年的果园、菜地、林间小路都还给我们。金子打开前后门窗，在明媚的阳光里，要把一冬天的阴气和老鼠味道全放出去。

这时，我看见那只和我们折腾了两个冬天少有谋面的大老鼠，摇摇晃晃走出来了。它迟钝地迈着步子，往敞开门的光线里走。

我喊金子，喊方如泉，喊王嫂，喊烧锅炉的老爷子。

大家全围过来，看着一只大灰老鼠，颤巍巍走出门，它显然不是因为害怕而颤抖，它老了。它费劲地翻过门槛，下台阶时摔了一跤，缓慢爬起来，走到春天暖暖的太阳光里。它可是一个冬天都没见到太阳，好像晕了，朝我脚边跌撞过来，我赶紧躲开。我被它的老态吓住了。在我们讨论着要不要打死它的说话声里，它不慌不忙，朝有鸟叫和水声的院墙边走去。它或许记得两年前走进这个院子的路，那里有一个排水洞，通到院墙外的小河沟，翻过河沟，过马路上坡，就是年年人种老鼠收的旱地麦田，那是它过夏天和秋天的最好地方了。

两只老鼠的
半个冬天

靠门口的墙角斜立着两个铁皮烟囱，下面三个尿素口袋，一个装扁豆，两个空着。它每晚在那里折腾，钻进空袋子里上蹿下跳，弄出哗哗啦啦的响声，也不怕我过去封住口袋捉住。它还钻进斜立的铁皮筒子，往上爬，爬到顶端呼啦啦滑下来。

我在夜里睡得安稳，听不见它弄出的声响。只有在睡前，它知道我们上床睡了，地上一旦没有人的脚步声，它胆子就大起来，一次次地在那个铁皮筒子里爬上溜下，爪子抓铁皮的声音吱吱啦啦。我们忍受着它的闹腾，逐渐地对那个声音习以为常，房间没有电视，只有炉火呼呼地燃烧，更多时候听不见，火静悄悄地把煤燃完，剩下一点点的白灰。木垒的煤是我用过最好的，耐烧，一晚上填两次，烧到天亮，屋里始终暖和，早晨打开炉圈，炉膛里最大的那块煤剩下一块紫红火炭，那是再续新煤的火种。

它们不是一只。是两只。另一只稍小点儿，不知从哪冒出来的。也许一直在洞里，刚长出毛，会走几步了，哥哥领着弟弟出来玩。在我夜晚的长梦里，它们一个跟一个，在屋子里走来走去，听见我的呼噜声也不害怕，听见我说梦话时会警觉地停住。只是唯一听见我梦话的小老鼠耳朵，从来不知道我说什么，我也从来不知道自己在梦中说了什么，那么多的梦遗忘在长夜里。

后来我发现它们俩长得不像，不是一窝的。或许是它从外面领回来一只。在我们敞开门透风的大中午，它被外面亮晃晃的阳光吸引，也溜出晒太阳，正好碰到一只雪地上流浪的小老鼠，就领了回来。它领一个老鼠进门也不问问我们愿不愿意。这个屋子的事，它竟然一口做主了。下雪前我看见好几只乱窜的老鼠，它们着急了，大雪覆盖了地面，老鼠就只有靠洞里储藏的粮食过冬。当然，实在没吃的了，也可以钻在雪下觅食，那样就很费劲了，不见得刨一个雪洞过去，就正好对上一粒秋收遗漏的苞谷。也许刨一天洞，累个半死，还没吃到一口呢，在冬天看似白茫茫的厚雪底下，散布着老鼠觅食的洞，它们偶尔从雪下面探出头，看看自己走到哪了，那个探头的小洞就留在雪地上，到春天雪会从这个冒着热气的小洞口开始融化，整个大地上的春天，有一只小老鼠的微小温暖。

如果雪底下再也找不到吃的，老鼠就往人家里跑，老鼠进人家的方式有几种，一是在门口蹲守，趁人进出门时窜进来，先在哪个隐蔽处藏着，待没有人声时沿墙根搜索一圈，再在桌子柜子床下面搜一圈，最主要是找到厨房，看有无以前老鼠打的洞，有了最好，没有就选个墙角挖。二是从外墙根挖一个洞进来。我们早知道老鼠的这些把戏，入冬前屋里屋外的老鼠洞口都用水泥封住，进屋前看看身后是否跟着一只老鼠。我们可以接受一两只老鼠，但无法和一群老鼠在一个屋里生活。老鼠一多胆子就大，敢上床，往被窝里钻，往脸上爬。

果园后面的坡地上至少有十几个碗口大的老鼠洞，我不太清楚这些老鼠洞每个是一家呢，还是一个大家族的许多个门洞，或许在地下它们洞洞串通。要是在早年，我会拿铁锨挖开看看，探个究竟。这样的探究，在年少时干了也就干了。好多事情一错过时间，就再不会去做。现在这些老鼠洞都是我们家院子的，老鼠或许不知道我是这个院子的主人，但我每天背个手走过果园时，它一定知道院子里住进来另一个人。

那两只小老鼠呢？有一天小黄狗太阳进屋来，闻见老鼠味道，三两下攥出小的那只，太阳像猫一般大，老鼠在床下躲不了，窜出门，太阳跟着追出去，我赶紧关门。剩下就是狗和老鼠的事。我真不喜欢有两只老鼠在屋里。

又一天我出去提煤，回来见太阳嘴里叼着一只老鼠，半个身子和尾巴在外扭动，赶紧喊一声，老鼠掉地上，已经半死，太阳抬眼看我，又看地上蠕动的小老鼠。我叹了口气，进屋关住门。外面的世界成了一只狗和一只老鼠的。我不想再管它们的事。炉子里的火快灭了,我得赶紧把煤续上。我拿火钩子掀开炉盖,往里倒煤,全是铁的声音,待一切做好,我坐在炉边,屋子里空荡安静,一点声响没有了。我看墙角,又看床下、铁皮筒、尿素口袋、葵花头、床腿,都空荡安静,再不发出一丝声音。

我们院子的猫

一、窄如母腹的缝隙

　　它在一个早晨消失了，和我们仅有短浅的一点缘分。或许什么缘分都没有，它没看清也没记住院子里的一个人，我也差不多忘记它的样子了，但那个小生命最后的挣扎一直在我心里。

　　它刚出生一个月，不懂事，去黑狗月亮嘴边吃食，被咬了一口。它尖利地叫喊一声，然后没声音了，只是身子歪斜着打转，倒着转，像要转回到刚刚发生的那一刻之前。

　　后来不转了，歪着身子往草丛里钻。我把它抱在怀里，它使劲往我腋窝里钻。放在屋里地上，倒一碟牛奶，它不知道喝，只是低着头，往墙角钻，钻进一把合住的老式雨伞里，它的头和身子一直钻进筋骨密制的伞顶尖,我几乎拽不出它。后来它又钻进床下的纸箱中间,一夜里我听见它从那些窄窄的纸箱缝隙爬上爬下。

第二天早晨,我在最里面的纸箱缝里看见它,一对眼睛惊恐无助地看我,伸手去握住它的腰,它后退,不出来。夜里它钻遍这个屋里所有的窄小缝隙,仿佛在找一条能让它回到母腹的缝隙。它不喜欢刚来到的这个世界,它带着幼小身体的剧疼,想回到疼痛发生之前的时间里。它往所有最小的缝隙里钻,每个缝隙的尽头都是绝壁,但它不信,它看见了绝壁上更小的缝隙,那里有它的生路,我看不见。

吃早饭时我抱它到厨房门口,那是昨天傍晚它被狠狠咬了一口的地方,牧羊犬月亮站在那里等食,黄狗星星站在月亮后面等食,星星早就知道月亮的霸道,给月亮的吃食,它是连看都不敢看的。可是刚出生一个月的小黑猫不知道。看见月亮它又歪着身子移过去,这下把月亮吓住了,它龇牙发怒,小黑猫不怕,又靠近,它后退发怒,小黑猫依然靠近。直到我喝退月亮。

小黑猫就在我们吃早饭的工夫,不见了,厨房前的草丛、韭菜地、玉米地、砖垛后面、餐厅、屋后菜地,全找遍了,都没有。

一直到秋天,草和蔬菜的叶子落光,地上所有被遮蔽的地方都一眼望穿,也没见它。

入冬前清除院子里的杂草,也没见它。

我想，它一定钻到了我们看不见的一个窄如母腹的缝隙里，永远地藏了起来。

二、大白游世界去了

大白生的一窝小猫，小黑让月亮咬伤消失了。另一个杂色猫送了人，最后剩下一对黄猫，长得一模一样，都是母猫，留了下来。

又过了一个冬天，大白不见了。开始十天半月不回来，以为丢了，有一天突然出现在厨房门口，看我们的眼神有点生。我妈说给大白喂点好吃的，猫都是嫌贫爱富。金子拿出一块肉递给它。我想它在别人家也不会吃得有多好。刚收留了它的人家，会给点好吃的想留住猫，过几天见猫不走了，养家了，便有一顿没一顿的。哪像我们书院，一日三餐都有猫狗的。夏天有喜欢猫狗的客人，都会多点一个肉菜，自己吃两口，剩给猫和狗。我们啃骨头时，听见屋外猫狗的叫声，也会嘴下留情，不把骨头啃太干净，留一些肉给它们。我想大白吃了肉，该不会再跑了吧。但它又不见了，而且再没回来。

有一次我在离书院五公里的月亮地村，看见大白在一家客栈院子里，我叫"大白"，它望我一眼。好似隐约记得自己有个大白的名字，也隐约记得眼前这个人曾经抱过它，喂过它食。但它记不记得谁知道呢。我叫着大白轻轻走过去想抱它，它扭身跑了。

给客栈女主人说，这只猫是我们书院的大白。

女主人说，我们养了快半年了，不过也养不熟，经常往外跑。

它去转世界了。

它从我们书院出去，头朝北往路两旁的人家里逛。哪家对它好，便多待几日。它越走心越野。走到菜籽沟头，要穿过一片坡地麦田，和一条车来车往的马路，才是月亮地村。它可能从别的野猫那里，得知月亮地村客栈多，游客不断，猫自然少不了吃肉啃骨头。按说我们书院的伙食也好，怎么留不住它呢。

后来我想，或许书院的老鼠不够几只猫吃。

猫最爱吃的还是老鼠。以前书院没养猫时，老鼠多到泛滥。后来养了一只黑猫，忙不过来。最多时有过五只猫，一个秋天和冬天过去，终于把老鼠吃得看不见了。以前老鼠多的时候，冬天雪地上到处是老鼠的小爪印，走成细细的长线，走到一处突然不见了，一个小洞进到深雪中。老鼠在雪底下也有路，它们顺着埋在雪下的草根，找草籽吃。吃饱了爬出来，在雪上面走。月亮和星星能闻出雪下有老鼠，位置判断准了，跳起来一头扎进雪里，咬出一只老鼠来，也不吃，逗着玩。

或许它到屋里有老鼠的人家，逮几天老鼠，觉得老鼠少了逮起来费劲，便换一户人家。猫到谁家都受欢迎，没人会伤害猫。

或许它把这个大院子留给自己的两个女儿，这两个完全不像它的女儿，也渐渐地跟它变得疏离。母猫在生育喂养小猫时跟人一样，自己瘦得皮包骨头，但每天去几趟后山坡捉老鼠，衔回来给小猫吃。它不把我们喂给它的肉给小猫，它要让小猫自小尝老鼠味道，知道来到世上是要捉老鼠的。

猫妈妈为给小猫断奶，会躲出去失踪几天，让小猫自己出来捉老鼠吃。

小猫一旦长大，便不怎么亲了，也不会给年老的母亲养老，甚至不会捉一只老鼠来喂给母亲，像幼小时母亲喂它们那样。

其实我们院子从来也没断过老鼠，后山坡杏树下的草地上，一个夏天都有新土从老鼠洞刨出来，仿佛那一块坡地会生长老鼠，经常看见猫从坡上逮老鼠下来，那地方的老鼠就是逮不完。

后来我想，那是从别处跑来的老鼠吧，杏林南边是一大坡的麦地，一直通到村委会。朝西翻过山梁是更大的一坡麦子，周围布满大大小小的老鼠洞。麦地源源不断地养活出的老鼠，有一部分跑过栅栏到书院的坡地上安家，这是老鼠最好的安家地。老鼠偷了地里的麦子，躲到我们书院来吃，村民也不会翻过院墙到我们书院来灭老鼠。头顶的杏子落下来，也是老鼠最爱吃的甜食。入冬前还有机会钻进我们的房子，偷吃东西。不过，老鼠从来不认为自己在偷吃东西，不管地里的麦子还是屋里的粮食，在老鼠眼里都是它的食物。它吃饱吃胖了，又成为猫的食物。我们书院的老鼠，是多少只猫都吃不完的。

那大白为什么还要往别处跑呢？

三、丢掉的小猫

大白的两个女儿小黄倒是留住了，姊妹俩干啥都在一起，一起卧在窗台晒太阳，抱在一起懒洋洋躺在地上午睡，还一起怀了孕，但没生在一个窝里。姐姐生在厨房后面的木头垛里。妹妹生在我妈给铺垫好的纸箱里。

我一直没分辨清这对黄猫，金子说，它们一个是全身黄，一个鼻子嘴是白的，这可能是母亲大白留下的一点痕迹吧。

我探头数生在纸箱里的小猫，有七只，拿手机拍了照。当晚大猫就叼着小猫转移了。过了两天，发现它转移到狗洞上面的一个纸箱子里。也不知道它嘴里叼着小猫怎么跳上去的。我趁它不在，掀开纸箱盖看，少了一只小猫，可能它在搬家途中丢了。这一看又引起母猫警惕，它又挪窝了。这次是在下午，我看见它嘴里叼着小猫，往木头垛里钻。这是她姐姐大黄的地盘，它们俩平时不分不离，当了母亲却不一样，有了各自的孩子，姐姐竟然把妹妹撵出来，不让它把小猫叼到住着自己孩子的木头垛里。它又往别处挪窝，一个晚上过去，不知道它把小猫转移到哪里了。

这期间我对生在木头垛下面的小猫好奇，趴在木头上看了两次，想数清这位猫姐姐生了几个孩子。有一天一群小黄猫站在木头上晒太阳，我拿手机拍了照，是五只跟妈妈一样颜色的小猫。但是第二天，木头垛里的小猫不见了。我妈开着她的电动车，在鸡圈旁的一个纸箱里发现了小猫，只剩下了三只。鸡圈离厨房后面的木头垛不远，我沿路找猫丢掉的孩子，怎么也找不到。

我说，可能母猫嫌孩子多，奶不过来，扔掉了两个。

我妈说，母猫不会扔掉自己的孩子。

大猫不断地捉老鼠回来喂小猫。猫捉了老鼠可自豪了，衔着在人前走过，有意让人看见，让狗和鸡看见。狗看见了会追去抢，抢来也不吃，咬一口扔了。只要狗咬过的老鼠，猫便再不去吃。可能嫌弃。

有时猫把老鼠衔到我们面前捉弄，故意放开让老鼠逃跑，然后又一爪子按住。那只黄猫还把老鼠衔到我脚边，眼睛朝上看人。我听说村里人家养了个猫，晚上经常把老鼠捉来放在主人枕头边。主人说，这是猫心好，知道答谢主人。主人给猫好吃的，猫便把自己认为最好吃的老鼠献给主人。

猫姐姐的这三个孩子，也在一个早晨不见了。我妈说，大猫领着小猫学捉老鼠了。我们都以为过几天它们会回来。已经过了许多天，两只大猫回来了，还有一只毛色灰杂的小猫跟着它们。这姐妹俩生了两窝小猫，最后只剩下这只一点不像它们的小杂猫。也不知是哪只黄猫生的，两只猫争着给喂奶，争相捉老鼠来给小猫吃，衔活老鼠扔给小猫玩耍。

其他的小猫呢？我妈说，大猫把小猫带出去送人了。这只小杂猫没人要，带回来了。

果真是这样，大猫打着带小猫出去捉老鼠的幌子，把小猫带到后面的人家，一只一只地送了人。它看哪家没猫，就丢下一只。再带着其他小猫往前走，到另一家又丢下一只。

我在书院后面老王家，看见丢掉的一只小黄猫。老王说，是你们家大猫领来送给我家的，你抱回去吧。

我说，你们留着养吧。

可能大猫不愿小猫长大后取代自己在我们院子的地位，早早把它们带出去送给别人家。

四、老白

张奶奶给刘予儿一只小黑猫。她家老白生的，一窝生了七只，活下来五只，一出月四只就给左右邻居抱走了。张奶奶说，送人的四只都是白的，就这只纯黑。本来留下自己养的，见刘予儿喜欢就给她了。

张奶奶说，这是老白最后一胎了。它已经生了十三胎，应该再没有了。

刘予儿抱小黑来书院时，它的眼神一瞬间感染了我。那眼睛里的忧郁，仿佛是积攒了多少年的，它其实刚刚出生不到两个月。

还有它的黑，像从最深的夜里带来的，一种从头到尾没有一点杂色的漆黑。

它害怕书院的那几个大猫，也不跟两个小白猫玩。它们并排蹲在窗台上，小白猫蹲一边，它蹲另一边，看上去像两个白天和一个黑夜。只是，它的孤独黑夜不会走到白天里。

小黑活了三个月，或更长一点，我记不清了。

早晨看见它时，已经口吐白沫，半死不活。给它喂水，不喝。抬眼望着我，那眼睛里的忧郁已经有气无力，但更加让人看着伤心。

小黑是吃村民投的老鼠药毒死的。

书院后的人家没养猫，放了老鼠药灭鼠。老鼠吃了浸毒药的麦粒，知道自己要死了，也不往洞里跑，摇晃着走到路上，也不怕猫了，专往猫嘴里送。

过去的几十年间，菜籽沟的猫就这样死绝了。

唯独老白幸存下来。

张奶奶说，老白认得吃了毒药的老鼠。它以前生的猫娃子，送到村里人家，大都给药死了，没有活过它的。

张奶奶还说，老白出院门后，像人一样左右看看，路上没车了才过马路。

村里许多猫和狗，还有鸡，都不会像人一样探头看看再过马路。路上轧死最多的就是猫和狗，它们因为跑的速度快，突然出现在路上，司机来不及刹车，轧死了。相反，那些慢腾腾的从来不看汽车也不管喇叭声的牛和羊，却很少被车撞。

我没有见过老白出院门后左右看路上的眼神，我想，那一定是一个老年人缓慢又谨慎的眼神。我只在冬天的第一场大雪后，见过一次老白，它站在果园的土墙上，朝我们院子望。院子里有狗，它没有进来。只是站在墙头上，朝院子里喵喵地叫。

那时小黑已经不在一个月了。

它或许不知道它的小黑不在了。

年过后，张奶奶走了。

我也再没看见老白的影子。也再没听人说起过老白。

我想，张奶奶把老白领走了吧，她不会空着手去那个世界。她领着一只生了十三窝猫崽的老猫，悠闲地散步。在那个依旧会有老鼠的世界里，老白死去的孩子都活着，被它们吃掉的老鼠，也都活着。

张奶奶去世后，我很少去书院西面的山沟晨跑了，以前每次路过张奶奶家，看见她在院子里咯咯地叫鸡，给它们喂食。她家老白捉了一夜老鼠，或许在哪个角落慵懒地卧着呢。

路在桥头那里一拐弯，就仿佛与世隔绝了。书院西边的山谷空空的没有人家。那时我在山后跑步,黑狗月亮和黄狗太阳跟前跑后,小白猫和黄猫跟在后面。如今黄狗太阳早不在了,月亮也老了,那两只猫,也早不知跑哪去了。它们从我生活中消失的时候,我都没有觉察。就像我每天坚持的跑步,在哪个早晨停下的,我都记不清了。

大白鹅的冬天

冬天

雪地上没有鹅的脚印，以为它在窝里没出来。我提着一壶开水，烫开水盆里的冰，又烫食盆里的苞谷糁儿，这是给鹅和猫狗的早餐。

这时听见鹅在前面"鹅鹅"地叫，声音翻过积着厚雪的屋顶落下来。我放下水壶过去，见鹅在松树下没雪的地方站着。雪被茂密的树冠兜住，松枝都压弯了，树冠下落了厚厚一层松针，看上去比别处暖和。

它看着我又叫了两声，嗓门宽阔有力，像在空中打开一扇门。我赶着它去吃食。地上的雪没扫，它好像眼盲了，认不得路，跑到两排松树间的大道上，头顶到院门才知道走错了，又掉转回来。我紧追几步，它扇动翅膀跑起来，一副要飞的样子。我真希望它飞起来，飞得找不见，我们也不用每天操心喂它。它也不会每天受冻。但这冰天雪地的它能飞到哪里。南飞的天鹅和大雁，早在三个月前就飞走了。那时一行行的雁群飞过书院上空。大白鹅时常仰头朝天上叫，翅膀张开助跑一段想要飞起来。我妈说，白鹅的翅膀该剪了，不然会飞走。

但一直没剪。那时它吃得肥胖，走路都费劲，怎么可能飞走。顶多有飞的愿望吧。如今它已经瘦得只剩下一堆羽毛了。它跑起来，翅膀展开，真像要飞起来的样子。却一头撞到雪堆上，整个身体陷在深雪中，张开的翅膀被雪托住。

我把它抱出来，放地上撵它走，看它的红爪子踩在雪里，整个肚子蹚在雪里。我都能感觉到它的脚冷。

到了食盆旁，看见一小堆绿韭菜叶，它使劲啄食起来。那是金子昨天拿过来给鹅的。它卧在雪里吃菜叶，把冻红的脚丫捂在肚子下面。它能暖热自己的脚丫子吗，下面全是冰雪。我给它在地上铺了纸箱板，又铺了松针和树叶，希望它站在上面脚不会太冰。它不领情，固执地卧在纸壳边的冰雪中。

我真担心它过不了冬天。每天一早推开窗户，最想听见的就是大白鹅的叫声。只要它叫一声，我便放心了。它似乎知道我在这时醒来，它在松树下叫，叫声翻过两栋房子的屋顶和积了厚雪的菜地，传到我耳朵里。

寄养

这是它跟我们生活的第一个冬天。

去年冬天我们把它寄养在老郭家。四月金子带着我妈从养殖场买了两只小鹅和两只麻鸭,养到八月开始下蛋,大白鹅的蛋又大又白,麻鸭蛋和它的名字一样灰皮麻点。那时它们跟鸡圈在一起。鹅整天扬起脖子,"鹅鹅"地撵鸡,哪只不听话就拿嘴啄鸡毛。它们成了鸡群里的老大。两只麻鸭个头比公鸡小,只能灰溜溜地待着,不和鸡合群,也不跟鹅混。

金子每天去鸡圈好几趟,喂食、添水、收蛋,每次收了鹅蛋鸭蛋,都高兴得跟小孩似的。鸡蛋给厨房,鹅蛋鸭蛋她存起来,排成排摆在篮子里,说要等女儿回来吃。女儿孩子小,刚几个月,说明年回来。结果几个鸭蛋放坏了,鹅蛋放到了下雪前。

天气冷了,我妈回沙湾过冬,我们也回乌鲁木齐住一阵,留下方如泉守院子。养了大半年的鸡鸭鹅就得处理掉。公鸡全宰了(真对不住公鸡),三只母鸡给厨师王嫂家代养。两只鹅和两只鸭子送到村民老郭家代养,说好下的蛋归老郭家,再给两袋子苞谷。到雪消天暖和,给王嫂代养的三只鸡死了两只。喂在老郭家的两只鸭子都死了,鹅死了一只,老郭不好意思,把收的四个鹅蛋和活下的一只鹅一起送了过来。

我们送去时雪白丰满的大白鹅,一个冬天瘦成了鸡,毛黑不溜秋,眼神也呆滞。不知道它在老郭家是咋活过来的。

老郭家的鸡有暖圈。所谓暖圈，也就是个小房子，夜晚能挡风而已。不过，老郭家的几十只鸡和我们的鸭鹅挤在一起，每只鸡鸭鹅都是一个小暖袋呢。鹅在它们中间，是一个大暖袋吧，它们依靠着互相暖和。但是那两只麻鸭和一只鹅，还是没有熬过冬天。

回来的大白鹅很快被我们喂得有了生气，五月份来了一位大学生志愿者，给浑身又黑又脏的鹅洗了一次澡，它又变成了大白鹅。那只母鸡也开始下蛋。鸡和鹅，一个冬天没见，可能都不认识。但它们很快又在一个圈里生活了。

我们重新清理鸡圈。把去年的一层落叶和杂物扫起来烧掉。算给鸡圈消了毒。金子带我妈到养鸡场，买了十几个半大的公鸡母鸡，大白鹅又成了鸡群里的老大，"鹅鹅"地吆着鸡在圈里转。一个夏天和一个秋天，鸡和鹅下的蛋足够我们每天中午西红柿炒鸡蛋拌拉条子，早餐煮鸡蛋，一人一个。每只鸡下的蛋都不一样，金子能从她每天收的鸡蛋里，知道哪只下了哪只没下。十几只母鸡，到半中午下起蛋来，叫声一阵接一阵。金子说，一只母鸡下十五个蛋就保本了，菜籽沟的土鸡蛋卖到两块钱一个。金子买的母鸡三十元一只。再多下的蛋都是赚的。她这样算账时，忘算了自己每天一早一晚喂鸡的辛苦，忘算了鸡吃掉的几百上千块钱的麦子苞米，也忘算了我们修鸡圈清理鸡圈花的力气。不过，鸡也没给我们算它每天早晨按部就班的三遍打鸣。夏天书院办了几期培训班，有小孩有大人的。大白鹅成了孩子最喜爱的，伸长脖子走在人中间，鹅鹅地叫，像老师喊孩子。

春天

　　转眼又到冬天，圈里养肥的鸡又要宰掉（又对不住鸡了）。鹅再不敢往老郭家送。本来要和鸡一起宰了，后来还是留下来。大冬天鸡窝空空的，看着都冷。鸡到另一个世界避寒去了。鹅留下来，它独自承受着满圈满院子的寒冷。靠院墙斜立的两块工程板下面，是金子给鸡和鹅做的下蛋窝。现在一个成了鹅过冬的窝，里面铺了厚厚的麦草。另一个被黄狗星星占了。那个两头通风的窝，其实只比露天稍好一些，能挡住西边来的寒风。

　　年前几天降温，我们又要回城里过年，大白鹅和猫狗托给王嫂家喂养，她老公每天过来烫一盆粗面，大伙一起吃。猫不用担心，能捉到老鼠。狗也不用操心，它们总能弄到吃的，前年冬天我们回到书院，见牧羊犬月亮在松树下守着大半只羊，肯定是从村民家偷来的。去年书院后面住的老张说，他宰了猪，猪头挂在仓房，想着过年吃，结果没有了，顺着雪地上的印子一直追到我们院墙上的水洞，肯定让我们家大狗叼来吃了。金子说，确实看见月亮吃剩下的半个猪头。我们也不养猪，没法赔一个猪头给老张，只能说句对不住了。这些年几条狗给我们惹了多少事情，月亮大前年把村委会烧锅炉的老王咬了一口，老王几年前打过月亮一棒子，记仇了。金子开车拉老王去县医院打了狂犬病疫苗。今年七月小黑和星星在山后的麦茬地咬死了村民的四只羊，让我们赔了六千块钱。现在我们把院墙上狗能钻出去的洞口都堵住，它们再不能出去惹祸，也不能在夜晚爬到坡顶的草垛上对天吠叫了。

回城前我把秋天菜园里掰的苞谷棒子在鹅常去的松树下放了一堆，又在它的窝边放了一些，鹅会自己啄食苞米粒。只要有足够的吃食，它便能抗住寒冷。在城里我还常打开监控视频，看见猫和狗围在食盆旁，看见大白鹅在雪地上踱步。

年后回来，车开到大门口，月亮、星星和小黑都在门里面守着，它们能听出我的汽车声音，当车开到公路拐弯处，离书院大门还有上百米的地方，它们就闻声往大门口跑。我下车开门，三条狗亲热地往身上扑，金子把带来的狗食分给每条狗。

大白鹅站在松树下叫，它瘦了一大圈，见了我们张开膀子像要飞过来。两只黄猫不见了，方如泉说猫到别人家混吃的去了，过几天来院子转一趟，可能见我们没回来，就又走了。

我去鹅的窝里看，给它留下的苞谷棒子才吃了一半，地上扔着四个鹅蛋壳，我们离开的二十多天里，它下了四个蛋，可能都自己吃了。金子说，鹅不会吃自己的蛋，肯定是星星和小黑偷吃了。我拿着鹅蛋壳，大声审问小黑，鹅蛋是不是你吃了？又审问星星。两个狗都一脸懵懂，装糊涂。我猜想肯定是星星偷吃的。它住在鹅旁边，可能就是盯上了鹅蛋。鹅下一个它吃掉一个，把空蛋壳留给我们。不过也都没亲眼看见。吃就吃了吧。

早晨我烧一壶开水提过去，鹅已经在食盆旁守着。我用开水烫开水盆里的冰，再把冻硬的饲料烫开。鹅的嘴伸进水里，边喝边拿喙戏水。

它吃好了站在墙根，一只脚抬起，过一会儿又换另一只脚。水泥地太冰冷。我给它铺的纸箱板扔在一边，它还是不知道站上去，可能它的蹼已经冻木了。

回书院的第二天一早，大白鹅踱着步从前面过来看我们。我给它撒了些芹菜叶子，它一个月没见绿菜了，低头啄一口，高兴地头仰起来。

中午金子见鹅卧在窝里，她关好圈门，过一阵听见鹅叫，金子说，鹅下蛋了，让我赶紧去收。我出门看见星星也朝鹅叫的地方望，小黑也朝那里望。看来都在等鹅下蛋。这让我有点不确定是小黑还是星星在偷吃鹅蛋。我指着星星又指着小黑，狠狠地骂道：再偷吃鹅蛋把你们送人，不要你们了。星星知道我在骂它，夹尾巴躲一边。小黑一脸憨相，我又觉得冤了小黑。

到窝边时，鹅的样子把我逗笑了，它伏在窝里，整个头和脖子贴在草上，一看就知道它在本能地躲藏，不让我看见。我拿专门收蛋的长把木勺拨开它的屁股，它扭转屁股护住蛋。我还是把一只大白蛋舀在木勺里拿了出来。鹅见自己的一个蛋被我收走，眼睛圆圆地瞪着，鹅没有表情，但它肯定有心情。它的心情会跟农人失去一年的收成一样吗？或许它已经习惯自己的蛋被人收走。它回到书院就开始下蛋，已经下了十几个，我们没有留下一个让它孵育出孩子。这样想时竟生出些人的伤心来。鹅会不会伤心呢？

晚上听见鹅在窗外叫，天黑好一阵了，它不去窝里睡觉，在转啥呢。或是它想要给我们说啥。我出去查看，外面很黑，院子里没安灯。白鹅站在雪地，朝我望，它的眼睛反着星光。也许是自己的光。我过去摸摸它的脖子，它转过身，沿着菜地边我们踩出的雪路一直走到小柴门旁，回头叫了一声，像是给我打招呼。然后回它的圈里去了。

我冻得浑身发抖，回到暖和的屋子里时，想到鹅也回到它两头透风的工程板下的窝里了。它只能把自己的羽毛当暖屋，把裸露的蹼捂在肚子下面，把喙伸进羽毛里。

我又听到鹅叫。它的叫声在半空中打开一扇门。我从二楼窗口看见它在屋后果园觅食，个别处雪已经化开，露出干黄草地，它不时低头啄食，不知吃到嘴里的是什么。中午我扛铁锨到前面的玻璃房墙根疏通积水，屋顶融化的雪水，积在墙根的水槽里，一半是冰，我拿铁锨敲开一个小水槽，让水往下流。每年都要干这个活儿，其实不去干，过几日水槽的冰全化开，也自己疏通了。但还是去干，人等不及季节。

转回到餐厅前见鹅在草莓地觅食，以为它在吃露出的绿色草莓叶子，却不是。它在化了一半的雪下面，找见先露出的细草芽，它啄食草芽时把冰粒也一起吃进嘴里，咯嘣咯嘣的响声，像一个孩子在咀嚼糖块。

夏天

被厚雪覆盖了一冬的院落,在一个早晨突然暴露出来,几件我们以为丢了的农具自己跑出来,它们倒在地上,在雪中睡了一个长冬。天暖得很快。金子在集市上买了五只小鹅,丢给大白鹅带。大白鹅显然喜欢小鹅,但小鹅怕大鹅。毕竟不是自己的亲妈。这些小鹅有亲妈吗?可能没有,它们在孵化场破壳而出,从没被大鹅带过,见了只有害怕。

我妈在院子里用纸箱围了一个小圈,喂草喂水。晚上把小鹅装纸箱拿进屋里。除了怕被猫和狗吃了,天上飞的鹞子,也会叼走小鹅。书院这一片至少有七八只鹞子,每日在树梢盘旋,捉鸽子和鸟,经常有鸽子被鹞子吃了,在地上留一摊羽毛。那天我还救下一只鸽子,它被鹞子一翅膀拍打下来,鹞子紧随其后,眼看叼住了,我大喊着跑过去,牧羊犬月亮,还有星星、小黑也叫着跑过去。鹞子一侧身飞走了,受伤的鸽子也扑腾着飞到树上。

新买来的小鹅,要先拿去让月亮、星星和小黑看,给每条狗说这是我们要养的鹅,不是野生的。狗都懂事,见人和鹅亲近,就知道不能咬它,咬了挨打。

第一只小猫带来时给月亮和星星做了介绍,如今猫和狗成了院子里最亲近的朋友。冬天两只小猫和两只大猫,和小黑一起抱团取暖,小黑每晚卧在门口的地毯上,两只小猫钻进小黑怀里,两只大猫卧在小黑背上,小黑一动不动,搂着它们度过寒冷冬夜。一天早晨金子拉开窗帘,说大白鹅也和小黑挤在一起了。

今年夏天小外孙女知知来到书院,也是先带到几条狗跟前,让它们认识。狗看我们对小知知好,就知道不能对她不好,见小知知过去就远远躲开,生怕不小心碰着小朋友。知知不怕狗和猫,追过去抓。但害怕大鹅,它会追着叼知知。

我们买的五只小鹅活下来三只,如今已经是大鹅了。我妈依旧每天坐着她的电动车牧鹅。它们认下我妈的电动车了,跟着到前面草坪上去吃草,到后面果园去吃草。鹅胆小,只去我妈带它们去过的地方,不敢往远处跑。

那只大白鹅呢,在坡上果园的狗洞里坐窝了。

去年夏天大白鹅坐过一次窝,它占着鸡下蛋的窝,用嘴把自己的羽毛撕下来,垫在窝里。它下了一个蛋,一直捂着。隔天又下了一个。它要把两个蛋孵出小鹅。可是,我们这里的气候凉,小鹅长不大天就冷了,怕过不了冬天。金子把它的蛋收了,它还是坐窝不走。中午金子看见鸭子凑到鹅身边,嘴啄鹅的脖子,在说话。过一会儿,鹅起身走开,鸭子急忙跳到鹅窝里,下了一个小麻蛋。然后鹅便捂着麻鸭的蛋不放。我妈说,鹅和鸡一样的,到了坐窝时节,给个石头蛋都会捂住不放。

金子说,大白鹅去年没抱上小鹅,今年就让它抱一窝吧。我以为她只是说说,我出了趟差回来,没见到大白鹅,问金子,说已经坐窝十二天了,再有十八天小鹅就出来了。金子把果园水塘边的狗窝收拾出来，用我们家的七个鹅蛋，换了村民家的七个鹅蛋。他们家的母鹅有公鹅交配，下的蛋才能孵出小鹅。

我带着小知知趴在门洞看，鹅卧在自己用嘴拢起的一小堆麦草上，眼睛朝外看我们。可能已经忘了我是谁。金子在门口放了一桶水，还满满的。我让知知在鹅窝旁等着，我去菜地薅了一把鹅喜欢吃的野莴笋，扔到它嘴边。它只是叼了两口，又专心孵它的蛋了。我妈说，鹅和鸡一样，孵蛋的时候不吃不喝。

到了小鹅该出壳的那天，金子和厨师去看，只孵出来三只小鹅，其他四个蛋，都坏了。小鹅只是啄开了蛋壳，身子还在里面挣扎，金子把其余的蛋壳剥了，这个事本来是大鹅做的，它会拿嘴啄蛋壳，让小鹅快点出来。

出壳的小鹅放在纸壳里，下面垫了棉布，金子还在棉布下放了一只暖宝宝，上面又盖了一层布。小知知第一次看见小鹅从蛋壳出来，我把毛茸茸的小鹅放她手上，她捧着不敢动，不知道该怎么面对这个小生命。三只小鹅在我书房过了一夜，第二天，原还给了大鹅。

我妈像放牧那三只鹅一样，照顾大鹅和三只小鹅，白天放出来吃草，晚上吃到鸡房。它们一天一个样子地在长，可能小鹅也感到自己出生得有点晚，秋天已经来了，得抓紧时间吃草，长身体，尽快长出能御寒的羽毛来。到了冬天，它们要跟大鹅一起，光着脚丫子在冰雪中走，靠自己的羽毛度过寒冷长夜。

大雪

大雪下了一天一夜。好多树枝被雪压断。昨天还遍地的青草，一夜间被雪埋没。除了大白鹅，其他的鹅都没经过冬天，不知道它们看见这么大的雪，会不会惊慌。雪下得太突然，树都没落叶子。落了一地的苹果没顾上捡拾。几棵桃树和葡萄藤也没顾上埋住。人和草木都没准备好，冬天就来了。

好在三只小鹅已经长得半大，长出了厚厚的绒毛，和先长大的三只鹅一起放在果园。刚放进去时，那三只大鹅追着小鹅跑，可能是想亲热小鹅，大白鹅跟在后面护。没几天它们便亲热如一家了。

我在三楼的书房时常听见鹅的叫声，它们在果园边的草地上练习飞翔。我下楼在木栏杆门外探头看，它们展开翅膀，鹅鹅高叫着，朝南跑到篱笆墙边，又折头跑回来。跑前面的是三只新长大的鹅，大白鹅和它的三个孩子跟在后面。大白鹅已经三岁了，早已知道自己飞不起来，但还是展开翅膀跟着做飞的动作。两只小鹅似乎相信自己能飞起来，翅膀举得高高，爪子一下一下离开地。见我在木栏门外看，都收住膀子，像是怕我看见它们练习飞翔似的。

我推开栏杆门进去时鹅全围过来，见我两手空空又停下来。

给鹅喂食是金子的事。她每天早上端半盆麦子喂鹅吃。

鹅和鸡的食都是金子在村民家买的。下大雪的前一天，金子听说玉米要涨价，叫上厨师柳荣贵去六队买了七麻袋苞米，又开车到乡上工厂粉碎了，码在库房。到冬天没有骨头可啃的狗和猫，都得吃开水烫的苞米糁儿。鹅也吃。但鹅似乎更喜欢吃麦子。或许更喜欢吃草。但草突然被雪埋了。给鹅的麦子每天都剩下一些。或是鹅的嘴没办法将盆里的麦粒吃干净。金子天黑前把鹅吃剩的麦子端回来，她说留下全让老鼠偷吃了。果园北边是苜蓿地，西边山梁后面是麦地，我散步时看见好多老鼠新打的洞。地里没吃的了，老鼠开始往人家里跑。我们院子的两只猫都生了小猫，母猫每天出去捉老鼠来喂小猫。即使这样，也阻不住老鼠往院子跑。去年冬天喂鹅的苞谷棒子，喂肥了两只大老鼠，它们钻在柴垛下面，猫捉不住，晚上出来偷我们喂鹅的食。好久再没看见那两只老鼠，可能被猫捉住吃了。也可能过了一个冬天、春天和夏天，它们静悄悄地老死了。

　　说到老，又想起已经三岁的大白鹅，它算是年老了吧。这个冬天尽管有六只鹅陪它一起过，每只鹅都要担受自己的寒冷，肚子下的绒毛只够捂住自己的爪子，怕冻的嘴只能塞进自己的羽毛里。但它们会挤在一起。会有七个嗓门的大叫声，响在阳光明亮的书院上空。至少，它们不会太寂寞。

麻雀

我斜靠在床头看书，听到屋顶噼噼啪啪的声音，接着是一群麻雀的叫声。它们落在屋顶时一点不懂得轻手轻脚，毫不在意屋子里坐着一个想事情的人。

麻雀就像一群怎么也甩不掉的穷亲戚，我到哪，它们就在哪，在树梢和屋檐上叽叽喳喳叫，叫得人心虚，好像欠了它们多少东西。

它们眼睛盯着院子里晾晒的粮食，盯着锅里做的饭，盯着我们碗里吃的饭。有时呼啦啦落一片空地上，叨叨叨啄食我看不见的食物。它们嘴啄到地上的声音，仿佛把只有尘土的地当一块面包。

我听够了它们不知在啄食什么的声音。现在，那群从我小时候就叽叽喳喳一直追随我到中年的麻雀，又在啄我新修的房顶了。

我小时候，麻雀饥饿的叫声围着院子，我们没有多余的麦子给它们，但它们会自己拿。我们扎麦草人站在麦地，穿我们破得不能再穿的衣服，戴我们晒得发白的帽子，一只手高举着打麻雀的树枝。不知麦草人吓着麻雀没有，我倒是被它吓过，一天傍晚我从野地回家，一抬头，看见穿着我的破衣裳的麦草人站在地里，像是活得更加落魄的我，站在未来里。

麻雀在收光的地里找不到粮食，就追到家里，趁人不注意，飞到院子晾晒的麦子上，它们拿走的那些，似乎也没有使我们变得更加饥饿。它们吃饱了飞到榆树上，叽叽喳喳地说三道四。那些年，我们家的窘迫生活，可能都变成它们没日没夜的闲话了。

麻雀还会骂人。

前天我坐在南瓜架下吃饭，一只麻雀在头顶叫，它嘴里叼着只虫子，那虫子一头在它嘴里衔着，另一头还在动。

我说，麻雀越来越胆大，离人这么近地叫。

我妈说，那只麻雀丢了孩子，问我们要呢。

麻雀的窝在厨房门上面的屋檐下，那里因为木板朽了，空出一个窟窿，麻雀便在里面做了窝。

我妈说，大前天一只小麻雀从窝里掉下来，浑身没毛，嘴角是黄的，大张着嘴叫，被黄狗星星一口吃了。麻雀妈妈回来找不到孩子，就对着我们叫。叫了几天了。

我们坐在南瓜架下吃饭，它就站在一伸手便能捉住的木架上，嘴对着我们叫，一句紧接一句，不知道说什么。

方如泉说，麻雀在骂人呢。它以为我们拿走它的孩子。

麻雀的叫声不依不饶，确实像在骂人。方如泉生气了，对着麻雀大声说，别叫了，让狗吃了。

麻雀显然没听懂方如泉在说啥，它依旧对着我们叫。

麻雀一般有七八个孩子，丢了一个，还有其他的。但我没听见屋檐下的窝里有其他小麻雀的叫声。一般这个时候，大麻雀衔来虫子，窝里的小麻雀早就扯嗓子叫开了，还会把头伸到窝外，不小心后面的就把前面的挤下去。

我仰头看麻雀窝，里面确实没有一只小麻雀。

可能都掉下来让狗和猫吃了。

没有一只小麻雀的雀妈妈，依然衔来虫子，站在南瓜架上，对着我们叫。

我们真的欠了它的。

洪水

一

一大早我妈喊"发大水了"。我推开门,轰隆隆的水声传过来,我第一次听见这条小河的声音如此可怕,洪水挟裹沉重的石头滚过河底,岸边的房子和树都被震动。我妈住的房子离河岸近,她说一晚上听见石头在河底下滚动。我妈不让我到河边去,她有早年被洪水淹过的记忆。我打开院门,门口就是河,石拱桥湿漉漉地悬在半河洪水上,岸边有大水漫过冲刷的痕迹,说明灌满河沟的洪水在昨夜我睡着时经过了村子。尽管河底还有大石头在滚动,它更大的轰隆声已经远去。

二

昨夜我被牧羊犬月亮的狂叫声吵醒，起身掀开窗帘，看见下午停在书院水塘边的大铲车发动着了，大雨中车灯直照到深入夜空的白杨树梢。接着铲车开始掉头，高高的白杨树和松树被转动的车灯挨个照亮又送入黑暗。当它转过身往书院外行驶时，车灯穿透北边那排老教室的前后窗户，整栋房子像突然睁开眼睛。

那时洪水应该还没下来，我没听见河底石头滚动的声音。也没细想夜里开走的大铲车去干什么。连下了三天三夜雨，听说县上已经动员所有力量防洪，主要防护县城南边的水库。

我们入住这个院子的头一年，沟里发大水，洪水漫出河道，从前面的果园斜冲过来，又从院门口灌入河道，将北边的青砖门墩冲歪。我们把洪水冲刷出的沟槽推平压实，冲歪的门墩却一直没顾上扶正。我们在这个歪门墩挂着的铁门里进进出出，铁门扇的碰撞里似有那场我们没有经历的大洪水的声音。

三

东镇发大水淹死人的微信是在黄昏时收到的。天依然下着雨，乌云阴沉地积在天上，像有无尽的雨还没下完。梨花雨的微信来了，她每天给我发好几个微信，告知县上的雨情。我从她发的信息得知，两个警察在洪水中失踪了。

昨天半夜，东镇派出所接到山里养蜂人被困的电话，三个警察开车出警。翻滚的山洪沿路旁河沟往下泄，警车冒雨往山里行驶。这个时间，我们院子的大铲车应该开出门了，那里离东镇有二十公里，隔着五六条沟，开铲车的年轻司机，也和警察一样在大雨中驱车向前。

这个季节每个山沟都有外来的养蜂人，我们沟里放蜂的是一家内地人，夫妻俩，每年五月山花开时，汽车运载蜂箱到沟里头住下来。一坡一坡的花儿，从最早的野山花，到田里的油菜花、红豆草花、葵花、家家户户菜园里的蔬菜花，一茬茬地开。采到秋天，罐子装满蜜，在一个早晨悄悄走掉。

养蜂人的报警地点在沟里头。他的蜂箱被洪水冲走，漂在河道里，他喊叫着沿河奔跑，边跑边打110。他的蜜蜂惊叫着飞出蜂箱。

在离他几公里远处，一辆警车正向他驶来，若不是下大雨，他应该看见照向夜空的车灯了。也许看不见，山梁把灯光挡住，厚厚的雨幕把车灯隔绝在另一个世界。漫上公路的洪水使路面变得汪洋一片，司机认不准方向。路边的警戒桩早淹没了，电线杆也被水拉倒。熟悉的道路变得完全陌生。最危险的桥涵到了，路在这里突然变窄。平时车开到这里司机都会减速。但洪水把路和两边的沟拉平，司机辨不出来，警车一歪身掉下去，瞬间被湍流卷进桥涵。车里三个警察，一个爬车窗逃出来，另两个随警车被洪水卷走。

四

我在微信上看见东镇发洪水的视频，一个村庄淹没水中，村民站在高处看自己家泡在水中的房子。视频里一片尖叫。新闻播报说两个乡被淹。传到我手机上的微信说，除了失踪的警察，还有两个学生失踪。晚上十二点又有信息说，两个学生找到了，是一对中学生恋人，手机关了躲在未完工的楼房中，想雨停了再回去。后来女生说听见她妈在大雨中尖叫，男孩说没听见，全是雨声。女孩挣脱男生跑进雨里，男生跟着跑进雨里。街道上全是水，不知道在往哪流。

发信息的梨花雨在县教育局工作，晚饭没吃，一直守在办公室等两个失踪学生的消息。放学后孩子没回家，家长打手机，关机。给学校报告。学校给公安局报案。紧接着，所有中学小学的班主任被要求联系自己班的孩子，有无没回家的。数字迅速报到教育局，教育局又报到县政府。县政府办公室只留一个值班的副主任。主任和秘书跟着县领导一起守在水库大坝上。那是整个洪水中最危险的地方。

五

我在临睡前得到消息，从我们院子开走的大铲车，行到半路坏掉了。那是我们雇来清理院子的铲车，半夜被征去抗洪。听说什么轴断了。我想也许是司机胆小,把车扔路上跑回去了。我了解那个年轻司机,是个生手,开着大铲车在我们院子高高低低地乱铲了一通。老板说雇不上好铲车司机,这阵子人手太缺,好的铲车司机都被调到水库大坝上了。那样的夜晚,山里黑咕隆咚,天上下着大雨,到处是洪水的声音,他一个年轻驾驶员,敢往抗洪一线的河道里开吗。这是我猜想的。打电话给包工头老赵,说铲车坏在路上,等洪水过了车修好再来给我们干活儿。问那个年轻司机没事吧,说被洪水吓傻了,跑回家不来了。

雨依旧在下,我打开院门,站在石拱桥上,我一直担心的石拱桥,扛住了这场大洪水,它在其后我们修建房子时,还承受住上百吨重的卡车过往。

我妈让我别站在桥上。我说没事,桥结实得很。我妈说,她担心了一晚上,想桥冲断了我们咋出去。天黑下来,我感觉桥在颤动。手电照下去,河水比白天涨了一些。不知道今夜会不会有更大的洪水。

我锁院门时,听见我妈喊,不要到河边去。我说没事,妈你快睡觉吧,洪水退了。

六

一早得到消息,搜救的人昨晚在一个河湾找到淹在水中的警车,主驾驶位的车窗玻璃碎了,里面浮着牺牲的警察。

敞开的后车门处停着一个蜂箱，在手电光里，成群的蜜蜂盘旋在蜂箱上头。有人拿一个长杆捣了几下，蜂箱在水里晃晃悠悠往前漂走了，一群蜜蜂飞旋在漂浮的蜂箱上面。可能蜂箱漂入水中时，蜜蜂全飞出来，在汹涌的洪水上面追着自己的巢，一直追到一辆陷在水中的汽车旁，蜂箱被拦住。

上百人连夜寻找另一位警察，逃生出来的警察也在其中。据他说，车子翻入水中时，他迅速降下车窗玻璃，手扣住车顶爬了出来。在驾驶位置的武警没有机会逃出，方向盘挡住了他。后座的警察应该也爬出了车窗，但是，坠水的警车很快被吸入涵洞，不知过了多长时间，警车从涵洞另一头钻出来。这个时间，对于淹没水中的人来说，简直太漫长了，漫长到再没有呼吸。

几辆警车沿河道来回寻找，已经是深夜，下着雨，黑漆漆的只听见河水翻滚的声音，河道两岸亮着警灯，不时有警笛鸣响，替代人的喊声。

警车在主河道里找到了，但失踪的另一位警察却不一定在主河道，人的身体小，随便一股分叉的洪水都会把他带走。洪水退了，留下一条条水冲刷过的大沟小沟，寻找的人也分成好几拨，沿着洪水流过的沟壑往下游找。

七

洪水过去后的第四天，那个年轻司机开着挖掘机进了院子，地上泥泞，这场大雨把地下透了，干不成活儿。我问起那个晚上他去抗洪的事，年轻司机说，老板叫他开挖掘机去坝上抗洪，说是县上通知的，不去不行，全县的挖掘机都在那个下大雨的晚上往坝上开。他开到一半不敢往前走了，路两边都是水，有些路段淹在水里。一路上他只见到一辆车，闪着警灯，超过他时鸣了几声警笛，开始他想警车或许是给他引路的。可是，只一会儿工夫，闪着的警灯突然不见了，路面上全是水，他一脚刹住车，把车往旁边的山坡开，估计水上不到这里，才把车停住。然后，他冒雨爬上山坡，突然听见一大片喊叫声，借助微明的夜光，他看见山沟里的村庄淹在大水中，村民往两旁的山坡上跑，拖拉机突突突往山坡上开，牛羊往山坡上赶。

他看见一棵大树，像一艘船在水中移动。

雇他开车的老板家就在这个村子。他赶紧打电话，电话通了，老板喊，你在哪？司机说，我在河对面。问挖掘机呢？答坏了，停在山坡上。啥坏了？答不知道。电话那边老板停顿了一下，然后说，坏了好。

此时老板一家正在对面的山坡上。他的房子被冲了，羊圈被冲了，唯一值钱的挖掘机却保住了。司机的家在另一个村庄，所有路被洪水阻断，他回到挖掘机上，在驾驶室避雨，后来睡着了。

醒来时河边到处是人，说两个警察牺牲了，他想起昨晚在前面消失的警车，心里一阵紧张。过来一个干警，说赶快发动车，跟着他们沿河岸找牺牲的武警。他说车坏了，开不动。武警说，坏了怎么会开到山坡上。赶快发动，不然抓人了。他想给老板打个电话说一下，手指颤抖按不出数字。干警又催。他踩住刹车，拧启动钥匙，竟然没动静。车果真坏了。他正庆幸，被干警抓住领口，一把拉下来。干警自己上去，踩刹车，拧钥匙，轰地发动着了。

他看干警挂挡开动了铲车，拔腿就跑，没跑几步滑倒在地，连滚带爬滑到沟边的土堆旁，那里有四五个人，手里拿着长杆，杆头绑着铁钩，朝水里试探。

八

我在这天下午开车出去，沟里的路畅通无阻。洪水从路边的小河流走。小河三四米深，三四米宽，水小的时候清澈见底。河岸长满大小榆树，纵横交错的树根把两岸河堤牢牢护住。

整个山梁和坡地都湿漉漉的，这场雨，把土地彻底浇透了。

车行到东镇沟口，没再往前开。我不想看见那个吞没了警车和两条人命的桥涵。它现在一定露了出来。水退了，该露的都会露出来。

我朝北拐到那个被淹掉的村子，一半房子被水冲毁，好在路已经修通。我把车开到被洪水分开的另半个村子。

灾后损失不断在微信中报道出来，全县共冲倒房屋一百七十八间,牛圈羊圈猪圈二百零三间,淹死牛羊二十八只。后来一则消息引起我的兴趣,两棵挂了牌的百年老树被大水冲走,一棵在洪水退后的第二天找到了,它被连根拔起,往北冲了两公里,斜躺在隔壁村庄一户人家被水冲垮一半的院子里。这户人说,都怪这棵大树,挡住了河道,让水聚起来,冲毁了他家。乡上干部说,怪你家院子占了河道,你看河道到你家这里变窄了。

河道确实在这里变窄,一棵漂来的大树横在河面,洪水被挡住,越聚越高,淹没岸上这户人家。接着后面汹涌而来的更大洪水,从这家院子冲开一条大口子,大树被水卷到一边,河道重又开阔。在后来更大的洪水中,另一棵大树摇摇晃晃经过了这里,漂入村外的荒野。

这棵树是马有树家的,挂了牌子,属于古树。

九

我打听到树的主人马有树家,在冲剩下半边院墙的台地上,马有树站在那里发愁。马有树说他损失太大了,冲毁的房子是五年前在老底子上新盖的砖房,花了六万,都没了。现在,花十万都盖不起来。你看,他指着水冲出的深沟说,光填这个沟,就得花好几万。

我说,你还要在这里盖房子?这是老河床,你不怕洪水再来?

他说，不在这儿盖去哪，这是我的宅基地。

我问那棵冲走的树长在哪。他指着深沟边沿说，就那里，以前是我们家靠路的门楼，树就长在门楼旁。

我问树有多少岁了。

他说牌子上写的三百岁。树原来长在河边，后来河干了多少年，河床上规划起村庄，他家就挨着树盖了房子。

洪水留下的深沟宽展地劈开村庄。它冲倒院墙房子和树，在层层泥沙下找到很久前被人埋掉的老河床。然后，洪水挟裹着被它冲毁的木头、被褥、家电出村了，沿着村外的老河道奔流而下。河流靠山的地方水被渠道引走，被麦田吸收，被穿过村庄的小渠接纳。平常时候村外戈壁上的老河道是干的，只有乱石，只有风刮过掀起沙土。

突然大洪水来了，大洪水几十年前来过一次，那时候村里的河道还在，水一泻而下，直接灌进戈壁尽头的沙漠里，第二年那片沙漠绿了，第三年又枯黄一片。

水的记忆是如此准确。它直接冲垮围墙、房子、羊圈和沥青路面，在半个村庄底下，把它几十年前几百年前流经的老河道翻腾出来。

十

我在马有树那里得知，失踪的警察在昨天上午就找到了。找人的队伍寻遍附近的水沟，无果，就沿主河道往远处找。

河道已经见底了，所有洪水涌入的大沟小沟也都没水了，天上的雨水下完了，地上的渠沟也干了。昨天还在全力抗洪，今天已经着手抗旱了。

寻找警察的人沿河边往戈壁上走，马有树跟在后面，在一段满是淤泥和石头的河湾处，找寻的人停住，围成一堆，说是找到了。一处不起眼的小水湾里，一具漂浮的生命靠了岸。几根浮木一起靠在岸边。

马有树站一旁看了会儿，接着往前走。大水冲过的河道宽阔地躺在戈壁上，不断看到木头、散架的门窗、被褥、衣物遗留在石头间。马有树往前走了不远，就看见他的大榆树斜长在河道上，尽管被洪水冲掉了许多枝叶，显得光秃秃的，但还活着。而且在这几天里它又发出了新叶。

我问，这么大的古树怎么会被水冲那么远。

马有树说，大树一半空了，成了独木舟。

十一

后来我听说，那一夜真正的危险在县城上头的龙王庙水库。四套班子主要领导聚集在水库大坝上，炸坝的炸药都运到坝上，从武装部调来的两挺机枪架在坝上，征用来的几十台挖掘机排在坝体旁。最后的决策要集体通过，由县长下达命令：炸坝，还是不炸。制定的方案是力保大坝，不到万不得已绝不放弃。一旦大坝抗不住，绝不能让坝从正面溃塌，大坝下面是县城，为保住县城，唯一的选择就是炸开北边河道上方的坝体，让洪水泻入河道，往下排洪。若炸开口子后出现淤堵，便用机枪扫射疏通。

据说做这个决定的时候，县长说话都声音发抖。

一个副县长被派到泄洪河道下游的乡安排转移，一旦水库有险情，决定炸开泄洪道，坝上的电话会先打过来。

乡领导被派到各村等候消息，村长在喇叭上喊，让所有村民不要睡觉，拖拉机发动着等着，一旦上游水库炸开，立马跑人。不要担心家里的粮食家具，洪水退了国家会赔偿。

往哪跑？沙漠里。这个乡所在地一马平川，没有高处，那只有往远处跑，跑过水就安全了。水库离该乡有四十公里，下山水快，顶多半小时洪水就会流到这里。

洪水的速度比拖拉机快，比摩托车慢，但人有半个小时的时间先跑，能跑多远跑多远。跑到沙漠就没事了。

根据往年发洪水经验，水流进沙漠速度就慢了，沙漠渗水，一部分水很快被沙漠吸收。沙丘也会拦挡水头，让水七拐八拐，放慢速度。而人会爬上沙包躲水，也会沿沙漠里的路跑得更远。往年的洪水，最远也就流到沙漠深处的盐泽地，那是准噶尔盆地的中心，再大的洪水，到这里也到头了，再往前就是盆地的北沿，上坡了。

村里家家有拖拉机摩托车，跑过洪水应该没有问题。问题是拖拉机里装不下一家的牛羊鸡。人若赶着羊跑，肯定被洪水追上。尽管村里乡里的喇叭上不断喊，让人发动着拖拉机，不要携带太多东西，洪水来了开拖拉机跑，保命要紧。

但是，谁能舍下家里的牲畜，马和牛可以跟拖拉机跑，但是羊跑不动的，鸡鸭猪也跑不动，都会拖人的后腿。

十二

后来我听县上一位领导说，当时洪水离坝顶只有三十公分了，整个坝都在晃，观察水位的房子在坝中间的水闸处，值班领导分成几批，三个人一组值守，过半小时一换岗。

这位领导说，当时确实很难决断，水库下面是县城，一旦溃坝，县城首先淹没，水库离县城两三公里，根本来不及撤离。但是，一旦炸坝朝下泄洪，下游乡村的居民转移时间也有限，人员伤亡也不可预知。

炸与不炸，在考验决策者。如果真的炸了，事后又会有该不该炸的疑问。最后关头，那个集体研究决定的不到万不得已，坚持到最后才可炸坝的"最后"，成了一个难以把握的问题。也是这个"最后"，拯救了大坝和下游的人们。当然，也拯救了坝上的决策者。后来大家议论，一旦炸坝，不论后果如何，决策者或都难逃追责。

雨一直在下，岸上的人听见的全是大雨落在水库里的声音。

洪水已经离坝顶二十公分了。二十世纪修的老坝，一直在颤抖、摇晃，它很可能从底部突然溃塌，谁也说不出最后时刻是啥时候，决定炸坝的权力最后落在县长身上。

有一刻，县长就要按下那个爆破的按钮了，但又犹豫了一下。

犹豫也是在等待。

天上倾盆大雨往逐渐涨高的水库里泼，上游一条条河沟的洪水往水库汇聚，泄洪主渠的闸门已经开到了顶。一切不利的因素都在加剧，几乎没有一丝有利的因素给守坝者带来希望。每一秒都在熬。

坝上的值班时间由半小时调短到一刻钟。每次值班时间一到，换班的领导跑步过来，值班到点的领导跑步撤离。

县长刚离开坝上的值班点，电话响了，公安局局长打来的，说一辆警车在东镇落水，失踪两人。

赶快组织警力搜救。县长只说了一句，就把电话挂断了。

就在县长决定要下达炸坝命令的瞬间，他已经湿漉漉的头伸到外面的雨里，雨把他决定炸坝的念头浇灭了。后来我问过县长，那一刻到底发生了什么。

县长说，他感到落在头顶的雨点稍微小了一些。

也就在这时，水位线停住了，然后缓缓开始下降。山里降雨小了。或者说山里该来的水都来了，也就这么多了。

十三

剩下都是不重要的事了。

洪水过去一个月后，州水利局专家来到沟里，在我书房喝茶。说要拨款修门口这条河道，他们下来考察。

我问怎么修。

技术人员说，只能修成水泥河道。

我说，那河边的这些树呢。

技术员说，都得挖了。

我说，那些树在河边长了多少年，一棵挨一棵，已经跟河岸长成一体。多大的洪水都没把它冲垮过。

我说，修成水泥渠，这条自然形态的小河就彻底消失了。

我说，我们选择在这个山沟生活，就是因为有一条没有改造过的小河，还有河边这些大榆树。你们饶了这条小河吧。

后来听说那条冲走蜂箱也让两名警察牺牲的小河，修成了水泥防渗渠。我去过那条沟，比我们住的山沟宽，地也平展，小河两旁长着护岸榆树，低洼处的草滩上有牛羊放牧。养蜂人的蜂箱放在河边草地上。

我还听说那棵洪水冲走的古树，冲到下游乡的地盘上。找到古树的马有树给乡林业站报了案，因为家门口这棵大树，他爹给他起名马有树。

乡林业站的干部说，你们家门口的大榆树属于古树，有备案，虽然树被水冲走了，但树在下游乡的戈壁上找到，还活着，这就等于异地栽植，按林业上的规定补办个手续，那棵树就归下游乡林业站管，跟你跟我们乡都没关系了。

聆听自然的
声音

我们正坐在深圳这座现代大都市的中心地带，透过车窗可以清楚地听到城市的声音，巨大的汽车群的轰鸣和不远处建筑工地的嘈杂声，在这个城市的高楼上，我们听不到街上人的声音，听不到街边一棵树的声音，更难以听到草丛中虫子的声音，整个城市被庞大的汽车声所覆盖。仅仅从听觉上，我们无法判断这个城市是人的，灌满耳朵的只有工业机械的声音。它是这个世界的最强音。工业化、现代化、城镇化，正不可一世地到来，从深圳这样的大都市，到最偏远的村庄，无不充斥着它的声音。在这一片工业之声中，自然的声音在哪里？城市中还有没有自然？自然是否已被街道和高楼大厦阻隔在千里之外，阻隔在罕有人至的荒山野岭？城市是否已经完全跟自然没有关系？

不是。尽管城市在无限扩张，推远自然，但自然却从来就没有离开城市，离开我们。如果我们用心感受、聆听，自然无所不在。

首先，城市有野生动物：苍蝇、蚊子、蟑螂、老鼠，这些都是上帝留给我们的小礼物，它们一直伴随人类。在人和自然的长期交往中，有些动物选择了远离我们，因为恐惧；有一些动物选择了靠近我们，因为生存。靠近我们的动物，一些变成宠物，更多的动物被人养殖、宰杀，变成人类永久的食物。远离我们的动物，终究没有逃出人类的手掌，跑再远都被人捉来吃了。并且是，跑越远的越被人先吃光、灭绝。

那么，留在人身边的就是这些赶不走、灭不尽、不能吃、有病菌的苍蝇、蚊子、蟑螂了。我们讨厌它们，但没办法消灭它们。因为它们生命力太顽强，抗消灭能力太强。比如蟑螂，我们发明一种灭蟑药，大蟑螂吃了，一周后它的后代小蟑螂就具备了抗药能力，可以把我们的蟑螂药当食物吃。还有苍蝇、蚊子，它们太喜欢人，喜欢人的血液、皮肤，喜欢我们的食物。可是我们不喜欢它们，想方设法消灭它们，把它们视为害虫，视为自然给我们找的麻烦。我们或许误解了自然的意图。

也许我们现在称之为害虫的这些小动物，最终会成为人类的救星。人类一直被病菌困扰，抗生素的发明被认为是人类的救星。可是，病菌的进化速度远高于人类制造新抗生素的速度，随着各种病菌抗药性的增加，终有一天，所有的抗生素将不起作用。那时候，谁来救我们。答案可能是：苍蝇。苍蝇不惧怕任何病菌，它能携带无数病菌而生活，苍蝇的身体中或许有我们对付病菌的最后的武器。

如果那时候，我们身边连苍蝇都没有了，那我们可完蛋了。

我们一直认为自己生活在人类所构建的文明世界中，到处是高楼大厦，城市化、现代化、工业化正在改变一切。但是，我们是否想到人类所建筑的这一切，都建立在一个更大的自然——大地之上，苍天之下。天地是最大的自然，我们却经常忘记它。还有无处不在的空气，四季轮回，昼夜，太阳月亮和满天星辰，都是陪伴我们的自然。

当然，还有地震、海啸、暴雨、雷电、泥石流等，也都是自然。这样去想，我们就会发现，遍布大地的城市，其实都被自然所包裹和左右，随便的一次自然灾害——我们称之为灾害，自然也许不这样认为，就像我们在睡梦中翻个身，它的一个最小的动作，都足以让我们几千年的文明覆灭。

古人云"厚德载物"，大地之德乃是厚，这是古人对大自然的认识。大地宽厚无比，它承载高山大川，也承载戈壁沙漠，承载江南水乡，也承载西北荒漠，承载像深圳这样的豪华大都市，也承载贫穷破落的小村庄。承载战争也承载和平，承载好人也承载坏人，当然，在大地的意识中没有好坏贵贱，甚至没有生命和非生命。

我们一直生活在这样一个大自然中,对它却无所感觉,只知道社会、物质和欲望带给我们的那些东西,自然的存在似乎被人所忽视。自然的美景离我们远了,但地震、泥石流、干旱、暴雨等自然灾害却在迫近,频频发生。

厚德载物,上善若水,自然是"厚"和"善"的。

就连驱动整个城市和现代工业运转的燃料石油,都来自自然。大家也许知道,有一种说法,石油是数亿年前海底和陆地的大型有机生物深埋地下生成的,这些大型有机生物中也包括恐龙。这是否可以说,整个人类的现代工业文明,其实是在靠远古恐龙的力量在驱动,还有那些变成煤炭的远古森林。如果单从人的角度去想,我们会看到自然清晰的意图,它对人是多么厚爱,仅仅是人类二百多年的工业现代化,地球就准备了多少亿年,它先让大地长满森林,水下陆上遍布大型有机生命,它曾经选择了恐龙,让它主宰陆上世界,无度繁殖遍布大地,又在一个瞬间将它们埋入地下。然后自然开始选择另一个生命——人,它让一个并不起眼的爬行动物站起来,然后,这个生命的智力迅速发育,经历了数千年的文明,终于发明了机器,而这时候,深埋地下的那些远古有机生命也已孕育成石油,给人类的工业化提供充足的燃料。

这样想的时候,就会感到在我们的生存之上,还有一个更大的东西在思考、安排这个世界。它就是自然。它是物质的,但分明又有精神。它一直在选择。地球能将恐龙埋了,为人类数亿年后的现代化提供动力,那地球会不会在一瞬间又埋掉这些,为它的下一个生命选择新的动力呢?

我们在这个城市，能听到的最大声音是汽车的轰鸣。我们或许应该学会聆听自然的声音，聆听那些远古生命传达给我们的声音，那些声音非常遥远，又近在眼前。

人类自进入工业化后，听觉开始衰退，我们进入视觉时代，这从文学作品中便可以看到，当代小说和散文多是眼睛看到什么写什么，少有作家用听觉来观察世界。古人面对世界时，听觉、视觉和触觉是全部开放的。《诗经》中有一百多种动植物的名字，有很多象声词。开篇《关雎》中"关关雎鸠，在河之洲"，关关是叫声，雎鸠是鸟的名字，古人在描写一只鸟时先赋予它名字，同时呈现它的叫声。《女曰鸡鸣》中"将翱将翔，弋凫与雁"，把两种鸟工整排列，让它们非常有仪式感地出现在我们面前。

现代作家少有这样的书写。我们描述动植物时，把地上长的都叫草，不去分别草的种类和颜色。把空中飞的都叫鸟，不去分辨是百灵还是麻雀。一方面我们不认识这些鸟的名字，另一方面也缺少对自然之物最起码的尊重，明明有名字，不去叫它。在我们的文学书写中，其实已失去了对自然表达的耐心和语言。现代作家不屑于去搞懂一只鸟的名字和叫声。我们的耳朵聋了，听不到自然的声音，心灵麻木了，感受不到自然的存在，我们对自然之物熟视无睹，视而不见。

早在两千多年前，我们的先哲们就已经在聆听自然。孔子赶着马车周游列国，传达儒家思想，试图用家的概念构筑国,在人间建立起一个家一样和谐有序的世界。孔子走过一个又一个城邦之国,他在推行那个时代的社会文明。孔子想建立一个"实"的世界。而老子创造了"虚"。老子发现在迅速发展、扩张的人类社会之上,还有一种存在比现实更大,老子把它形容为"道"。老子说,"道法自然"。道的最高法则是自然,自然在一切之上永恒存在,老子把它呈现了出来。庄子作为老子的继承者,让自己的身心放逐于山水,写出许多跟声音相关的文字。庄子是有名的倾听者,能听到自然中大至风声、小至蝼蚁的声音。在孔子、老子、庄子之后,中国的城市和自然有了分别,那之后的历代文人,包括山水画家都在用他们的文学和思想构筑一个现实社会对面的——自然。我们从《诗经》《离骚》、唐宋诗词及中国山水画中都可清晰地看出古人对自然的营造。自然不是一片山林荒野,它已变成我们生活和精神中的一部分。

在传统山水国画中,可清楚地看到我们中国人对自然的表达,在山水的边角处总要画个茅屋或老人,人在自然中有一个小小的栖身之地,更大的空间属于山水云天。这个构图传达出中国人和自然的关系,人是自然中微小的一部分,人和自然的关系是和谐共生的关系,而不是攫取占有,更不是凌驾于自然之上。历代文学家、思想家用情感和精神为我们构筑起一个乡村自然家园。

古代的乡村是一个大的自然人文怀抱。在这个怀抱中,诞生了《诗经》，那是人类幼年时代对天地自然毕恭毕敬的小心聆听；诞生了《老子》，他听到这个世界的"大音"，这个声音因为太大我们都听不见。

东方人和西方人早在千万年前便开始仰望天空，聆听自然。西方人聆听到上帝的声音，印度人聆听到佛的声音，中国人聆听到了什么？听到了道。道法自然。中国人听到了自然在天地之间的运行，听到了运行的规律。我们听到的道是不可形容的，我们没有把它具体地呈现为天堂，这表明我们的心灵还在生长，我们还在倾听。

现代人借助科学工具也在倾听，听得越多越感觉自己是聋子，远远听不到天空深处更为广大的宇宙的声音。于是我们又回到一个最原始的基点，用心灵倾听。科技越发达，我们越能感觉到自然的强大，我们越往天空深处探索，越感觉人类的渺小。当现代工具达不到我们的所需时，古老的心灵再一次开始聆听。我们听到了敬畏和神圣，倾听到了那些不可接近的东西，听到了老子所说的在世俗存在之上、在一切的物质之上，那个时刻左右我们、推动我们、诞生我们也最终覆灭我们的——道与自然的声音。

2010.11.9

新城市文学论坛，深圳